O MENINO que NADAVA COM PIRANHAS

O MENINO que NADAVA COM PIRANHAS

DAVID ALMOND

ilustrações:
OLIVER JEFFERS

tradução:
MONICA STAHEL

SÃO PAULO 2014

Ortografia atualizada

Esta obra foi publicada originalmente em inglês com o título
THE BOY WHO SWAM WITH PIRANHAS
Por Walker Books Ltd, London SE11 5HJ
© Copyright 2012, David Almond, pelo texto
© Copyright 2012, Oliver Jeffers, pelas ilustrações

Todos os direitos reservados. Este livro não pode ser reproduzido, no todo ou em parte, nem armazenado em sistemas eletrônicos recuperáveis nem transmitido por nenhuma forma ou meio eletrônico, mecânico ou outros, sem a prévia autorização por escrito do Editor.

O Copyright, Designs and Patents Act de 1988 garante a David Almond e Oliver Jeffers o direito moral de serem identificados, respectivamente, como autor e ilustrador deste livro.

Copyright © 2014, Editora WMF Martins Fontes Ltda.,
São Paulo, para a presente edição.

1ª edição 2014

Tradução
Monica Stahel

Acompanhamento editorial
Márcia Leme

Revisões gráficas
Marisa Rosa Teixeira
Ana Paula Luccisano

Edição de arte
Katia Harumi Terasaka

Produção gráfica
Geraldo Alves

Paginação
Lilian Mitsunaga

Dados Internacionais de Catalogação na Publicação (CIP)
(Câmara Brasileira do Livro, SP, Brasil)

Almond, David
  O menino que nadava com piranhas / David Almond ; ilustrações Oliver Jeffers; tradução Monica Stahel. — São Paulo : Editora WMF Martins Fontes, 2014.

  Título original: The boy who swam with piranhas
  ISBN 978-85-7827-891-5

  1. Literatura juvenil I. Jeffers, Oliver. II. Título.

14-07886 CDD-028.5

Índices para catálogo sistemático:
1. Literatura juvenil 028.5

Todos os direitos desta edição reservados à
Editora WMF Martins Fontes Ltda.
Rua Prof. Laerte Ramos de Carvalho, 133 01325-030 São Paulo SP Brasil
Tel. (11) 3293-8150 Fax (11) 3101-1042
e-mail: info@wmfmartinsfontes.com.br http://www.wmfmartinsfontes.com.br

Para Hella

1.
A FÁBRICA
13

2.
O PARQUE DE DIVERSÕES
77

3.
O TANQUE DAS PIRANHAS
147

Aqui vai uma pergunta. Você gostaria que alguém da sua casa – seu tio Ernie, por exemplo – resolvesse transformá-la numa fábrica de enlatar peixe? Você acharia bom se houvesse barris de arenques e tinas de cavalas por todo lado? E se um cardume de sardinhas ficasse nadando na banheira? E se o seu tio Ernie não parasse de fazer máquinas – máquinas para cortar as cabeças, cortar os rabos, tirar as vísceras; máquinas para limpar, ferver e apertar os peixes dentro das latas? Já imaginou a barulheira? Já imaginou a baderna? E faça uma ideia do fedor!

E se as máquinas do tio Ernie crescessem tanto que ocupassem todos os cômodos: seu quarto, por exemplo, de modo que você tivesse que dormir num armário? E se o tio Ernie dissesse que você não poderia mais ir à escola e teria que ficar em casa para ajudá-lo a enlatar peixe? Acha que seria bom? Ah, e se, em vez de ir à escola, você tivesse que começar a trabalhar todos os dias às seis da manhã em ponto? E não tivesse férias? E nunca encontrasse seus colegas? Você gostaria disso? Gostaria coisa nenhuma! Bem, Stanley Potts também não gostou.

Stanley Potts. Um menino comum, que levava uma vida comum, numa casa comum, numa rua comum, e então, pimba!!, a vida enlouqueceu. Aconteceu de um dia para o outro. Um dia, lá estavam eles – Stan, seu tio Ernie e sua tia Annie –, morando numa linda casinha com terraço na alameda do Embarcadouro. No dia seguinte, acabou-se! Arenques, cavalas, sardinhas e baderna total!

Só que Stan gostava mesmo do tio Ernie e da tia Annie. Ernie era irmão do pai de Stan. Foram maravilhosos com ele, desde que o pai de Stan morreu naquele acidente terrível e sua mãe morreu de ataque cardíaco. Eles foram como um pai e uma mãe novos em folha. Mas, depois que a baderna começou, parecia que nunca mais ia acabar. E logo tudo aquilo ficaria insuportável.

1.

A FÁBRICA

um

Tudo começou quando o estaleiro Simpson fechou. O Simpson funcionava no rio desde tempos imemoriais. Homens que viviam à beira do rio trabalhavam no Simpson desde tempos imemoriais. O pai de Stan tinha trabalhado lá até o acidente. Tio Ernie trabalhava lá desde muito jovem, assim como o irmão dele, o pai deles, o pai do pai deles e o pai do pai do pai deles. Então – catapum! – tudo acabou. Barcos mais baratos e melhores eram feitos na Coreia, em Taiwan, na China e no Japão. Então os portões do Simpson se fecharam, os trabalhadores receberam alguns trocados, foram mandados embora e as turmas de demolição entraram. Já não havia trabalho para homens como o tio Ernie. Mas homens como o tio Ernie eram orgulhosos, trabalhadores e tinham suas famílias para cuidar.

Alguns arranjaram outros empregos – na fábrica de embalagens de plástico Perkins, por exemplo, ou atendendo telefone na Companhia Financeira de Seguros e Benefícios Comunitários, ou abastecendo as prateleiras da Companhia de Alimentos, ou como guias do Museu da Grande Herança Industrial (exposições especiais: Magníficos Barcos Construídos no Estaleiro Simpson em Tempos Imemoriais). Alguns homens simplesmente se entregaram, arrastavam-se pelas ruas o dia todo, postavam-se nas esquinas, ou adoeceram e definharam. Alguns se voltaram para a bebida, outros foram para o crime e um ou outro acabaram na cadeia. Mas alguns, como o tio de Stan, senhor Ernest Potts, tinham grandes, grandes planos.

Dois meses depois de ser despedido do Simpson, Ernie estava com Stan e Annie na beira do rio. Os guindastes e armazéns estavam sendo demolidos. Cercas e paredes eram esmagadas. Havia destroços por todo lado. Cais e quebra-mares se despedaçavam. No ar pairava o estrondo de tudo o que se quebrava, rompia e desmoronava. A terra tremia e sacudia debaixo dos pés. O rio era só ondas violentas e turbulência. As fustigadas do vento chegavam do mar distante. Gaivotas gritavam aterradas, como se nunca tivessem visto nada igual.

Durante semanas, Ernie tinha urrado, gemido e se lamentado. Agora ele suspirava, resmungava, amaldiçoava e vociferava.

– O mundo enlouqueceu! – ele berrava ao vento.

– Ficou completamente doido! – ele pisoteava o chão. Brandia os punhos para o céu. – Mas vocês não vão me derrotar – voltava a berrar. – Não, não vão levar a melhor sobre Ernest Potts.

E ele olhou para além do velho estaleiro, onde o rio se abria para o mar prateado e cintilante. Uma traineira vinha chegando. Era vermelha e bonita, e vinha rodeada por um bando de gaivotas brancas. Era linda, brilhando ao sol e avançando através da maré. Era uma visão. Era como algo chegando de um sonho. Era uma dádiva, uma promessa grandiosa. A traineira veio aportar no embarcadouro. Descarregou uma rede enorme cheia de peixes prateados. Ernie olhou para os peixes e de repente tudo ficou claro.

– Eis a resposta! – ele exclamou.
– Que resposta? – quis saber Annie.
– Qual é a pergunta? – disse Stan.

Tarde demais. Ernie disparou. Desceu correndo até o embarcadouro e comprou um quilo de arenque. Correu para casa e pôs o peixe para ferver. Pegou o carrinho de mão e correu de volta para Annie e Stan, que continuavam ali na beira do rio. Pôs umas chapas de metal no carrinho.

Voltou cambaleando para casa, e dessa vez Annie e Stan iam a seu lado.

— O que está fazendo, Ernest? — Annie perguntou.

— O que está fazendo, tio Ernie? — Stan perguntou.

Ernie só piscou para eles. Descarregou o metal no jardim, abriu a caixa de ferramentas e pegou a talhadeira, a máquina de solda, o alicate e os martelos. Pôs-se a cortar as chapas, a soldá-las e martelá-las, formando cilindros e arcos.

— O que está fazendo, Ernie? — Annie perguntou de novo.

— O que está fazendo, tio Ernie? — Stan perguntou de novo.

Ernie empurrou para trás sua máscara de solda. Sorriu. Deu uma piscadela. — Mudando o mundo! — ele disse. E voltou a baixar a máscara.

Meia hora depois, estava feita sua primeira lata. Era pesada, ondulada, enferrujada, disforme, mas era uma lata. Meia hora depois, os arenques fervidos e carnudos foram apertados dentro dela e a lata foi tampada. Ernie rabiscou sobre a lata com um marcador de feltro: Arenques Potts.

Ele deu um soco no ar. Deu uma dançadinha. — Funcionou! — ele declarou.

Annie e Stan inspecionaram a lata. Olharam para os olhos

arregalados de Ernie. Os olhos arregalados de Ernie olharam para eles.

– Há um longo caminho a percorrer – disse Ernie –, mas funciona, absolutamente, positivamente, definitivamente.

Ele limpou a garganta. – O futuro desta família – anunciou – está no negócio de enlatar peixes.

E assim começou a grande empreitada de Ernie: Espetaculares Sardinhas Potts, Magníficas Cavalas Potts e Perfeitos Arenques em Conserva Potts.

Dois

Ernie soldou, martelou, bateu pregos, fez furos, apertou parafusos. Suspendeu pisos e derrubou paredes. Construiu uma rede de canos, tubos, calhas e drenos. Conectou fios, interruptores e fusíveis. Suas máquinas cresceram, cresceram, cresceram, cresceram até ocuparem todos os corredores e todos os cômodos. Canos e cabos corriam por baixo de todos os pisos e através de todas as paredes. A casa palpitava com batidas de máquinas, com estalos de guilhotinas e facas, com zumbidos e guinchos de serras elétricas, com jorros de água corrente, com o borbulhar de caldeirões enormes. E com os gritos entusiasmados de Ernie.

– Trabalhem mais depressa! Trabalhem mais duro! Ah, minhas máquinas maravilhosas! Ah, adoro vocês! Peixes peixes peixes PEIXES! Máquina máquina máquina MÁQUINA!

Todas as manhãs, caminhões entregavam baldes de peixe na porta da frente. Todas as tardes, caminhões apanhavam engradados de peixe enlatado na porta de trás. O negócio bombava. O dinheiro entrava. Ernie já não era um sofrido ex-trabalhador de estaleiro. Era um homem de negócios, um empresário. Seu império crescia como se fosse um ser vivo.

Todas as noites, Stan dormia no seu armário, Ernie e Annie dormiam debaixo de uma imensa máquina evisceradora.

Na manhã seguinte, às seis horas, o despertador tocava.

RING-RING-RING-RING-RING-RING-RING-RING!!!!

E na mesma hora uma sirene buzinava:

NI-NÓ-NI-NÓ-NI-NÓ-NI-NÓ!!!!

E na mesma hora uma gravação dizia:

ACORDAR-ACORDAR!!!! ACORDAR-ACORDAR!!!!

E na mesma hora Ernie berrava:

– **DE PÉ! VAMOS LÁ, MINHA GENTE! DE PÉ! SEIS HORAS, VAMOS COMEÇAR! AO TRABALHO!**

Quando Annie reclamava ou Stan resmungava, a resposta de Ernie era sempre a mesma:

– **É PARA NÓS! PARA ESTA FAMÍLIA! AGORA VAMOS! SEIS HORAS, VAMOS COMEÇAR!**

Mas, certa manhã, Annie falou:

– Espere um pouco, Ernie.

– O que você quer dizer com "Espere um pouco, Ernie"?

— Quero dizer para dar um tempo. Só hoje.

Ernie já estava em ação. Já tinha calçado as luvas de eviscerar. Estava segurando a tesoura e chacoalhava suas chaves, enquanto peixes nadavam, dançavam e serpenteavam por sua cabeça.

— Ernie! — berrou Annie. — Um tempo, só hoje!

— Que diabos há de tão especial hoje?

— Você não lembra, não é? — disse Annie.

— Não lembro o quê?

Ela tirou um envelope de baixo do travesseiro e o acenou para ele. — Você não lembra? É *aniversário* do Stan.

— É mesmo? Ah, é! Claro que é. Hoje é aniversário do Stan — ele encolheu os ombros. — E daí?

— Daí que vamos agradá-lo. Vamos fazer coisas de aniversário.

— Coisas de aniversário? — ele franziu o cenho. — O que significa coisas de aniversário?

— Significa presentes, festas, sorrisos, cantar "Parabéns a você"... e não incomodá-lo com esses arenques de meia-tigela, principalmente!

— Arenques *de meia-tigela*? Pois devo informá-la de que os arenques são nosso meio de vida, minha senhora! Devo informá-la de que...

— E devo informá-lo de que, se você não agradar nosso sobrinho hoje, sua esposa vai fazer greve!

Ernie vacilou.

— Agora fique quieto — disse Annie. Ela se levantou e foi na ponta dos pés até o armário de Stan. — Bom-dia, filho — ela sussurrou.

Stan agarrou suas roupas de trabalho. — Desculpe! — ele disse. — Estou atrasado? Já devia ter levantado? Está na hora de começar?

Mas Annie o abraçou. — Feliz aniversário, Stan! — ela disse.

O menino se espantou. — O quê? — ele disse. — É meu aniversário?

— Claro — Annie respondeu. — Você não sabia?

Stan pensou um pouco. — Lembro que pensei que *devia* ser... Mas, como ninguém falou nada, achei que tinha me enganado. Ou que vocês tinham esquecido.

— Ah, Stan — disse Annie —, você acha que íamos esquecer uma coisa dessas? Lembramos o tempo todo. Não é, Ernie?

Ernie tossiu. Cortou o ar com sua tesoura. — Claro que lembramos — ele confirmou. Tentou sorrir pela porta do armário. — Parabéns, garoto! Parabéns parabéns parabéns! Ha-ha-ha-ha-ha-ha-ha-ha! Vamos lá! Dê o cartão pra ele!

Annie entregou o envelope para Stan. Nele havia uma gravura de um barco à vela e, dentro, uma mensagem.

– Oh, obrigado! – Stan exclamou. – Obrigado. É o cartão mais bonito que já recebi!

– Tudo bem! – disse Ernie. – Agora chega. Tem muito peixe para enlatar!

E ele voltou para seus baldes de peixes.

– Que bobo! – disse Annie. – Que tal deixá-lo continuar com seus peixes enquanto tomamos um café da manhã delicioso?

Ela abriu uma sacola e tirou latas de refrigerante, barras de chocolate e um saco enorme de balas. Eles deram uma risadinha e atacaram. De vez em quando, Ernie berrava: – **ONDE VOCÊS ESTÃO? ESTÃO ATRASADOS! PAREM DE ENROLAR! VENHAM TRABALHAR!**

Mas Annie dizia apenas: – Não ligue – e, quando terminaram todo o refrigerante, todo o chocolate e todas as balas, ela disse: – Então, Stan, hoje você vai se divertir. Espere aqui.

Parabéns pro você, STAN. O MELHOR sobrinho de TODO O MUNDO IMENSO. Nós o amamos Tio Ernie & Tia Annie Beijos

Três

Ernie estava apertando botões, acionando interruptores, puxando alavancas e virando manivelas. Ele se sacudia, balançava, dançava e rodopiava. Entoava músicas e cantava canções, sempre falando de peixes,

>*Peixe peixe peixe peixe*
>*PEIXE PEIXE PEIXE PESCADO*
>*Peixe em lata, peixe enlatado*
>*Sem cabeça, rabo nem espinha!*
>*Arenque, cavala e também sardinha,*
>Ótima qualidade, não há quem se queixe.
>*Peixe peixe peixe peixe*
>*PEIXE PEIXE PEIXE PESCADO*
>*Arenque ao molho! Sardinha perfeita!*

Annie suspirou. Onde estava o sujeito amável e tranquilo que tinha conhecido? Ela lhe deu um tapinha no ombro. Nenhuma resposta. Deu-lhe um tapa nas costas. Nenhuma resposta. Deu-lhe um tranco e berrou na orelha dele: – Ernie! ERNEST POTTS!

Finalmente ele se virou para Annie. – Aha! Já era tempo! – ele disse. – STAN! Onde você está, garoto?

Annie baixou a mão e desligou a máquina mais próxima. Ernie ofegou. Que raio ela estava fazendo? Baixou a mão para ligar a máquina de novo, quando Annie disse: – Deixe o Stan. É dia de folga.

– Dia de folga? *Quem* disse?

– *Eu* estou dizendo – falou Annie. – É uma nova regra. Veja, eu escrevi – e ela lhe estendeu um pedaço de papel.

> REGRA 1.
> Todo membro da FAMÍLIA TEM FOLGA no dia do ANIVERSÁRIO

Ernie leu e coçou a cabeça.

– Vocês não tinham regras no estaleiro? – perguntou Annie.

– Sim – respondeu Ernie –, mas...

– Não tem mas – disse Annie. – E Stan também vai receber uma gratificação de dez libras – e ela lhe estendeu outro pedaço de papel.

> **REGRA 1a.**
> Todo membro da FAMÍLIA recebe um bônus de 10 LIBRAS no dia do ANIVERSÁRIO

— Mas essas regras você inventou agora! — Ernie exclamou.

Annie encolheu os ombros. — Claro que inventei. Você se opõe? — ela encarou o marido.

Ernie encarou Annie. — Sim! — ele disse.

Ela lhe deu outro pedaço de papel.

> **REGRA 1b.**
> Não ouse se opor, senão vou FAZER GREVE

— E então? — disse Annie.

Ernie grunhiu. Pôs a mão no bolso. Tirou uma nota de 10 libras.

— Dê ao Stan e diga para ele se divertir — Annie ordenou. Ela ergueu um dedo, como que dizendo *Não ouse se opor!* — Stan! — ela chamou. — Venha cá, meu filho. O tio Ernie quer lhe dizer uma coisa.

Stan saiu do armário que era seu quarto.

– Você vai ter um dia de folga – disse Annie. – Não é verdade, querido?

– É! – Ernie grunhiu.

– E o tio Ernie tem uma coisa para lhe dar, não tem, Ernie?

– É! – Ernie grunhiu de novo. Ele estendeu a nota de 10 libras. – Feliz aniversário, meu filho – ele disse. – E... – ele coçou a cabeça. Quais eram, mesmo, as palavras que deveria dizer?

– Divirta-se! – Annie sugeriu.

– É isso – disse Ernie. – Divirta-se, garoto.

– Onde vou me divertir? – Stan perguntou.

Annie abriu a porta de casa. – Lá fora – ela disse. – Você ficou tempo demais engaiolado aqui dentro. Divirta-se lá fora, no mundo, meu filho!

Annie e Stan estenderam o olhar para as ruas e respiraram fundo, admirados e surpresos. É que um parque de diversões tinha chegado à cidade. Lá estava, instalado no lugar onde ficava o estaleiro Simpson. Lá estava a roda-gigante girando devagarinho sob o sol. E o topo de um

tobogã. Os estalos dos carrinhos bate-bate, os alaridos da música, o barulho da montanha-russa. O cheiro de óleo de máquina, de algodão-doce e de cachorro-quente.

– Um parque de diversões! – eles disseram ao mesmo tempo. – Uau!

Stan apertou suas dez libras na mão, beijou a tia, sorriu para o tio e saiu para seu dia de sol e liberdade.

Annie pegou uma sacola de compras. – Regra 1c – ela disse, saindo. – As tias têm direito a um tempo livre para comprar bolos de aniversário!

Ernie ficou olhando os dois se afastarem. – O mundo ficou doido – ele disse para si mesmo. Então bateu a porta e voltou ao trabalho.

QUATRO

Stan foi descendo as ladeiras, passou pelo Quartel Naval, pelo albergue do Exército da Salvação, pela loja da Oxfam e pelos homens de rua. Atravessou correndo o terreno baldio até o parque. Era enorme, barulhento e brilhante, e os carrosséis giravam, mas ainda era cedo, portanto ainda não havia quase ninguém. Só um punhado de vadios, duas mulheres empurrando uns carrinhos velhos, mais alguns homens de rua taciturnos e o próprio pessoal do parque de diversões, com dentes de ouro e tufos de pelos, tachas prateadas brilhando nas faces e bolsas de moedas tilintantes em torno da cintura. Encostados em seus carros e barracas, sorviam canecas de chá e fumavam cigarros de cheiro estranho. Ficaram olhando para Stan, que foi chegando timidamente. Murmuravam uns com os outros com sotaques estranhos. Tossiam, imprecavam, cuspiam e trovejavam às gargalhadas.

Stan andou sozinho num carrossel e girou sozinho no *waltzer**. Subiu sozinho na roda-gigante. Lá de cima, ele viu seu mundo: o rio, as ladeiras,

---

* *Waltzer*, sem tradução para o português: moderno brinquedo de parque de diversões que consiste em carros ligados por um eixo que ficam rodando agitadamente. (N. do E.)

os espaços em que antes ficavam todos os estaleiros e fábricas. Viu sua antiga escola, St. Mungo, e todas as crianças brincando no *playground*. Viu sua casa na alameda do Embarcadouro. Viu a fumaça das máquinas de seu tio saindo pelo telhado. Ele rodava, para cima e para baixo, rodava, rodava, subia e descia. Via a cidade e as montanhas distantes. Via o belo mar cintilante que sumia de vista, o belo céu azul-escuro que sumia de vista. Lembrou-se de sua querida mãe, de seu querido pai, e lá no alto, no céu, derramou algumas lágrimas por eles. Pensou na tia e no tio e lhes agradeceu. Imaginou o mundo para além do mar e o universo para além do céu, e sentiu-se atordoado de espanto diante da vastidão de tudo aquilo.

De volta ao chão, ele comeu um cachorro-quente meio escorregadio e um algodão-doce grudento. Lambeu os lábios e os dedos e saiu andando. Passou por um velho vagão cigano vermelho e verde. Em cima da porta de entrada estavam pintadas as palavras **ROSA CIGANA**. Ao lado havia um pônei branco, com uma cevadeira no focinho. Surgiu na porta uma mulher com um xale estampado em cores vivas. Ela fez um gesto com o indicador, chamando Stan.

– Sou a tataraneta da verdadeira Rosa Cigana – ela disse. – Entre e unte minha mão com prata. Em troca, vou encher sua cabeça de maravilhas e segredos.

Stan lambeu o último resto de algodão-doce dos dedos.

– Vou lhe dizer quando vão terminar seus problemas – disse Rosa Cigana.

– Como você sabe que estou com problemas?

– Está claro para quem tem olhos de ver. Como é seu nome, rapaz?

– Stan – respondeu o menino.

– Stan, me dê só uma moeda de prata – ela disse. E baixou a voz: – Seja bonzinho e entre.

Stan estava prestes a entrar no vagão quando seu olhar foi atraído por um lampejo dourado.

Peixes-dourados. Estavam pendurados em fila numa barraca de pesca ao pato. Eram treze peixinhos dourados minúsculos, cada um nadando num pequeno saquinho plástico, balançando num cordão cor de laranja pendurado ao sol. Sem pensar, Stan se afastou da Rosa Cigana e caminhou na direção dos peixinhos.

Rosa Cigana falou de novo: – Até mais. – Você está enfeitiçado. Mas vai se desencantar e vamos nos encontrar de novo.

Ela voltou para dentro. Stan chegou mais perto da barraca de pesca ao pato. Os saquinhos eram minúsculos, a quantidade de água era muito pequena. Os peixes eram lindos, surpreendentes, com sua pele dourada, suas guelras, nadadeiras, suas bocas ofegantes, escamas delicadas e seus suaves olhos pretos. Ele estendeu a mão para um deles.

– Olá! O que está fazendo, garoto?

Stan recuou. Um homem surgiu dentro da barraca e se pôs em pé debaixo dos peixes.

– Perguntei o que está fazendo.

Stan balançou a cabeça. – Só estou olhando os peixes – ele sussurrou.

O homem era baixinho, tinha o rosto brilhante e liso e seu cabelo preto formava um pega-rapaz. Ele tinha um só brinco de ouro. Vestia um casaco de cetim, empoeirado e cheio de manchas de gordura. Atrás dele, patos de plástico sujos, com ganchos na cabeça, flutuavam em círculos intermináveis numa

bacia de plástico verde. Para além dos patos havia um velho *trailer*. Uma menina olhava melancolicamente por sua janela suja. Ela esfregou o vidro com a ponta do dedo e criou um pequeno visor, como um buraquinho, através do qual ficou espiando Stan.

– Não é só para olhar! – vociferou o homem. – Você pode ganhá-los, garoto.

Ele apontou para um cartaz:

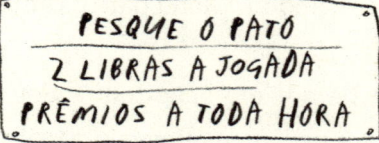

PESQUE O PATO
2 LIBRAS A JOGADA
PRÊMIOS A TODA HORA

Stan procurou seu dinheiro: menos de duas libras, não dava nem para uma jogada.

– Mas é uma crueldade! – ele protestou. – Estão quase sem água e...

O homem falou alto. – Se quer ajudá-los, vai ter de ganhá-los – ele lançou os olhos para o parque, por cima de Stan.

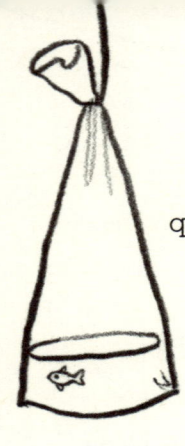

Stan viu que o menor peixinho de todos quase não se movia, estava parando.

– Mas eles estão morrendo! – ele disse.

O homem olhou para os peixes e vociferou de novo. – Quando eles morrem, arranjo outros – ele disse. – É fácil.

– Mas eu posso salvá-los!

– Quanto você tem? – perguntou o homem.

– Uma libra e sessenta e seis – respondeu Stan.

O homem apontou para o cartaz: *2 libras por jogada*.

– Mas o que adianta se eles estiverem mortos? – implorou Stan, mostrando ao homem seu dinheiro. – Por favor, senhor, por favor!

O homem fungou. Olhou para o dinheiro na mão de Stan.

– Tudo bem – ele suspirou. – Sou um molenga. Mas você vai ter que levar o moribundo. E não adianta reclamar!

Ele pegou o dinheiro e deu ao garoto uma vara comprida com um cordão amarrado na ponta. Do cordão pendia um gancho. Stan esticou a vara para os patos que flutuavam, mas ele estava trêmulo e não conseguia parar de olhar para cima, para o peixe moribundo dentro do minúsculo saquinho com água.

O homem estalou a língua. – Essas crianças de hoje! – ele resmungou. – Ninguém nunca ensinou você a pescar direito?

Ele enfiou o gancho da vara de Stan num pato e o menino o tirou da água. Ele agarrou o saquinho com o peixe moribundo, mas não conseguia deixar os outros.

– Todos vão morrer! – ele disse.
– Se ninguém conseguir ganhá--los, eles...

O homem estendeu a mão aberta.

– Mas não me sobrou nada!

O homem examinou Stan. – Acho que você poderia trabalhar para tê-los – ele disse.

– Trabalhar? – perguntou Stan.

– É – disse o homem. Ele meneou a cabeça para si mesmo. – É uma boa ideia. Se é que você sabe o que significa trabalhar.

– Sei, sim! – informou Stan.

– Huh! Menos mal! – O homem coçou o queixo. – Você podia, por exemplo, lavar os patos – ele cuspiu no chão. – Veja só como eles estão. Imundos.

– Tudo bem – Stan falou, apressado. Arregaçou as mangas. – O que eu faço?

O homem apontou para um balde de plástico.

– Pegue aquele esfregão, aquele sabão e esfregue. É fácil.

Stan pôs mãos à obra. Esfregou os patos freneticamente. Continuava olhando para os peixes, lá em cima. Eles giravam cada vez mais devagar nos seus saquinhos plásticos.

– Está muito bom. Minha filha devia fazer isso, mas ela acha que seria se rebaixar. Está lá atrás, veja só, a gorda preguiçosa.

Stan deu uma olhada furtiva. A garota pálida espiava pelo seu visorzinho.

– Ela se chama Nitasha – disse o homem. Ele olhou para a filha, balançou a cabeça e apontou para Stan, que trabalhava cada vez mais depressa, até deixar todos os patos brilhando de tão limpos. Nitasha empinou o nariz e desviou os olhos.

O homem começou a pegar os patos e inspecioná-los.

– Agora posso pegar os peixes? – pediu Stan.

O homem segurou um patinho amarelo. – Aqui ainda ficou uma sujeirinha – ele disse.

Stan pegou o patinho, o esfregou e o lustrou de novo.

– E agora? – disse Stan.

O homem pensou um pouco. Lentamente, ergueu um pato cor de laranja até perto dos olhos. Stan não aguentava mais. Àquela altura todos os peixes já estavam se debatendo, à deriva, já não conseguiam nadar e lentamente iam afundando nos seus saquinhos plásticos.

– Agora vou pegá-los! – ele disse. – Eles são meus! – O menino estendeu a mão e pegou os doze peixes, pendurando os saquinhos nos dedos. – Tudo bem? – ele perguntou.

– Qual é seu nome? – quis saber o homem.

Mas Stan já ia correndo rumo ao rio. Saiu correndo do parque de diversões, passou pelos montes de entulho, pelos barracões e armazéns em ruínas, se esgueirou por uma velha cerca de ferro e se lançou pela ribanceira abaixo, de onde um pequeno declive levava até a água. Ele baixou um a um os saquinhos de plástico e fez a água do rio escorrer para dentro deles. Então, ergueu-os em direção ao céu. A água dos saquinhos estava mais escura. Pequenos fragmentos rodopiavam dentro dela e placas oleosas flutuavam na superfície. Mas em cada um deles, no meio da água suja, havia um brilho e um lampejo de ouro vivo.

Stan suspirou aliviado e contente. Então percebeu o homem da barraca, em pé, bem atrás dele.

— Você é um manteiga-derretida, não é? — disse o homem. — Como é seu nome?

— Stan — respondeu o menino.

— Eu sou Dostoiévski — disse o homem. Ele estendeu a mão. Stan não a apertou. Dostoiévski vociferou. — Não sou tão mau quanto pareço — falou ele. — Que tal aceitar um trabalho na barraca de pesca ao pato?

— Não, obrigado, senhor Dostoiévski — disse Stan.

— Eu pago bem — informou Dostoiévski. — É trabalho seguro. Qualquer problema que aconteça no mundo, sempre haverá necessidade da barraca de pesca ao pato.

Mas Stan recusou de novo e se pôs a caminho de casa, com os saquinhos dos treze peixinhos dourados pendurados no dedo.

CINCO

De volta à alameda do Embarcadouro 69, encontrou Problemas.

Enquanto Stan estava na barraca de pesca ao pato, uma perua branca enferrujada estacionou do lado de fora da casa. Havia um monte de coisas escritas nela.

DECS

DEPARTMENTO de
ERADICAÇÃO de coisas suspeixas
www.DECS.gov

Alguma coisa esquesita?
Caso suspeixe de alguém

Ligue para o ispião do vezinho
0191 876 5432

TODAS AS CHAMADAS ISTRITAMENTE CONFEDENCIAIS

Do lado da perua havia uma janelinha. Atrás da janela havia um telescópio apontado direto para a casa de Ernie. Atrás do telescópio havia um homenzinho.

— É o que pensamos — resmungou o homem para si mesmo. — Que vergonha! Que coisa ispantosa.

Ele fez anotações num bloquinho. Endireitou a camisa. Apertou e ajeitou a gravata preta. Pôs uma pasta preta de couro embaixo do braço. Então saiu da perua e bateu com força na porta da casa.

Ernie, é claro, com toda aquela barulheira de batidas, marteladas, gritos e cantoria não ouviu nada. O homem bateu de novo. De novo, nenhuma resposta. Ele se abaixou e olhou pelo buraco da caixa de correio.

— Aha! — ele murmurou. — Egzatamente o que pensamos — e ele chamou pela caixa de correio. — Abra aqui, você aí dentro! O *Departmento de Eradicação de Coisas Suspeixas* foi chamado!

Nenhuma resposta.
Ele gritou de novo.
Nenhuma resposta.
Ele grunhiu, rosnou, bateu os pés. – Que vergonha! Que coisa espantoso! – ele agarrou a maçaneta da porta. – Tou intrando! – ele gritou.
A porta abriu com facilidade. O homem entrou. Topou com canos, cabos, máquinas zumbindo, engrenagens rodando, baldes de peixes e caixotes de latas. Ele avançou, sempre investigando. E anotava no seu bloquinho.
– Absolutamente lamentávil – ele disse. – Que vergonha doida!
Ele ouviu Ernie cantando. Viu Ernie esparramado por cima de uma máquina, movendo uma alavanca com o pé esquerdo, girando uma engrenagem com o direito, ligando um interruptor com a mão direita, apertando um botão com a esquerda.
– Máquina! – berrou Ernie. – Máquina máquina máquina máquina!
– Aham – disse o investigador. – AHAM!!!
Ernie se virou. – Que diabo é você? – ele falou.
O investigador bateu os calcanhares. – Eu sou – ele disse – envestigador do DECS.

— O *quê*? — disse Ernie.

— Envestigador — repetiu o investigador. — Um envestigador que envestiga as coisas. Coisas *estranhas*. Coisas *piculiares*. Coisas que nem deviam ser coisas — ele se aproximou um pouco mais. — Coisas *suspeixas*! — ele apertou os olhos. — E aqui tem uma coisa suspeixa, senhor... — ele ergueu o lápis, pronto para anotar o nome de Ernie.

— Senhor Não É da Sua Conta — disse Ernie. Ele largou as alavancas e interruptores. — Senhor Saia da Minha Maldita Casa! — ele disse. — Senhor Quem Você Pensa Que É para Ir Entrando sem Mais Nem Menos! Senhor Se Não Der o Fora Vou Ter Que Lhe Dar um Pontapé no Bumbum! Senhor...

Ernie apertou os lábios.

— Há! — disse Clarêncio D. Repente. — O métudo de amarrar a bouca. A abordagem do selêncio. Aprendi tudo sobre esse métudo e devo dizer que ele não vai lhe adiantar egzatamente nada! — ele percorreu a casa com os olhos redondinhos. — Isso — ele disse — não é permitido. Nem isso nem isso nem isso nem isso. E *isso* é absolutamente vergonhoso e *aquilo* é absolutamente horrepilante e isto aqui é a peior coisa que já *vi* — ele rabiscou um pouco mais. Fez beiço e apertou os olhos. — O que egzatamente está acontecendo aqui, Senhor Selencioso?

– Nada! – disse Ernie.

Clarêncio anotou sua resposta. – E – ele continuou – há quanto tempo egzatamente está foncionando?

– Desde nunca! – disse Ernie.

– Ha! – declarou Clarêncio. – Sei que essas respostas são um monte de mintiras! Meu treinamento me preparou para tudo! Vejo o vergonhoso estado de coisas que egziste aqui, isso não pode continuar, tem que ser impidido!

– Ah, é? – disse Ernie.

– Ah, é! – enfatizou Clarêncio D. Repente. – Tou com a letra da lei do meu lado. Tou com o poder envestido pelo Supremo Envestigador de Coisas Suspeixas. Vou escrever meu relatório e tudo isso vai ser impidido imediata e absolutamente. Vou deixar meu cartão – ele enfiou um cartão de visitas na mão de Ernie. Então se virou e se dirigiu de volta para a porta de entrada.

Ele fez uma pequena pausa. – Se eu fosse você, senhor Selencioso – ele disse com voz macia – poria mãos à obra neste minuto para fazer esta casa voltar ao normal antis que o departmento caia im cima de você como uma tonelada de tijolos! Tenho dito. Vasta la hista.

E ele saiu, batendo a porta.

SEIS

Correndo de volta para casa, Stan atravessou o terreno baldio, subiu a ladeira, chegou à alameda do Embarcadouro. A perua do DECS passou mas ele nem notou. Estava fascinado por seus peixes, obcecado por seus peixes. Deslizou porta adentro e foi procurar um balde vazio. Encheu-o de água limpa e clara e colocou dentro dele seus lindos peixes, um por um. Lá estavam as treze belas criaturas surpreendentes, nadando juntas e livres diante de seus olhos.

O tio já tinha voltado ao trabalho. As máquinas batiam, martelavam e estalavam mais alto do que nunca. Ernie berrava mais alto do que nunca. Stan ergueu o balde com os peixes. – Não se preocupem com o barulho – o menino sussurrou-lhes. – É só meu tio Ernie. Vou cuidar de vocês para sempre, sempre e sempre.

– STAN! STAN! VENHA CÁ, GAROTO!

Stan se virou. – Mas tio Ernie... – ele começou.

– NÃO TEM NADA DE "MAS TIO ERNIE"! VENHA CÁ, GAROTO!

Ernie acenou para ele se aproximar. – É uma crise! – ele disse. – Uma explosiva, grande, imensa e maciça catástrofe!

Stan foi se arrastando devagarinho até ele. – Mas tio Ernie... – ele disse.

– Estamos sendo atacados e a única coisa que você consegue dizer é "Mas tio Ernie"! Venha cá! Puxe aquela alavanca, ligue aquele interruptor, lubrifique aquela engrenagem enguiçada! – Ele viu os peixes. – O que são *eles*?

Stan se deu conta de que ainda estava carregando o balde. – São peixes-dourados – ele disse. – Ganhei-os no parque de diversões. Ganhei aquele pequenininho com seu dinheiro de aniversário, tio Ernie.

Ernie franziu o lábio. – Huh! – ele disse. – Que coisinhas mirradas!

– Mas veja – falou Stan. Aproximou-os do tio para que ele mesmo visse como eram lindos.

Ernie deu uma olhada e mergulhou o dedo na água.

– *Peixes-dourados!* – ele resmungou, finalmente. – De que servem peixes-dourados para um homem como eu? O que importa é arenque. Arenque, hadoque, bacalhau e... – Ele afundou mais a mão na água e os peixes começaram a nadar em torno dela.

– Está vendo? – disse Stan. – Não são lindos?

Ernie baixou os olhos, pensativo. Sentia as nadadeiras e os rabos dos peixinhos roçarem seus dedos.

– Obrigado pelas dez libras, tio Ernie – agradeceu Stan. Então disse uma coisa da qual se arrependeria para sempre. – Se você não tivesse me dado esse dinheiro, os peixes teriam...

– Teriam o quê? – perguntou Ernie.

– Teriam morrido. Um homem os pendurou...

O olhar de Ernie se suavizou, mas depois ele voltou a si. – Chega – ele disse. – Estamos passando por um momento de provas, provações e atribulações. Temos trabalho para fazer e providências para tomar. Tire essas criaturas tolas da frente da minha vista e pegue no maldito trabalho. JÁ!

Stan correu para seu armário e deixou os peixes lá. Correu de volta para as máquinas e arregaçou as mangas. Havia muitas semanas não se sentia tão feliz. Tinha tido uma folga; tinha ido ao parque de diversões; tinha ganhado o mais belo dos prêmios.

– Tudo bem. O que quer que eu faça?

– Fique ali, muito bem! Gire aquilo, muito bem!

Empurre aquilo, muito bem! É assim que se faz. Mais depressa, garoto. Mais depressa! Mais depressa! Eles não vão impedir. Ah, não, eles não vão conseguir estragar os sonhos de Ernest Potts!

– Quem não vai conseguir, tio Ernie? – Stan perguntou, enquanto empurrava, puxava, rodava e girava.

– Não importa! – disse Ernie. – Vou dar um jeito neles. Concentre-se no seu trabalho, garoto. Mais depressa! Mais depressa! Tudo bem! Peixe peixe peixe peixe! Máquina máquina máquina máquina! É assim; é esse o jeito de fazer!

E eles trabalhavam juntos e cantavam juntos.

Peixes no balde, na lata, que trabalheira
Cortar a cabeça, cortar o rabo e a nadadeira.

Suas vozes se misturavam ao barulho das máquinas e seus movimentos se misturavam ao movimento das máquinas. O peixe entrava por um lado e as latas saíam pelo outro, e, na fúria do trabalho, Stan e seu tio esqueceram todos os problemas. E, depois de um tempo, Ernie gritou:

– Está gostando, garoto? Estamos nos divertindo?

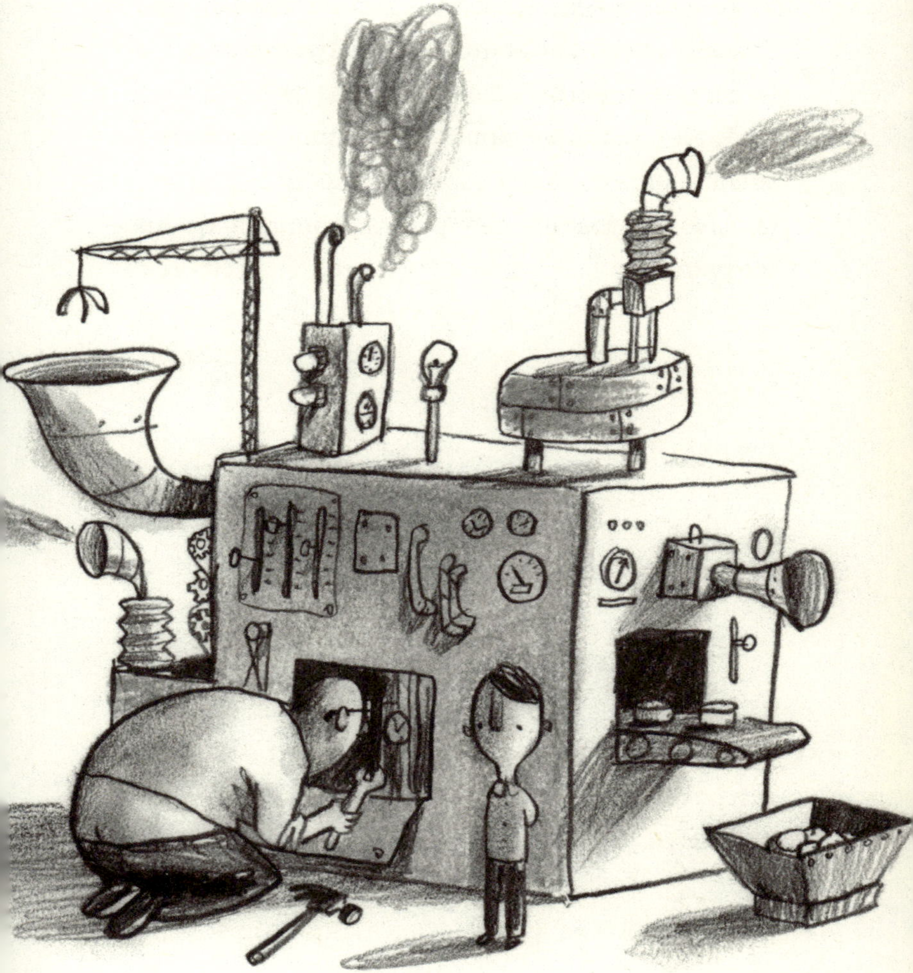

Stan riu e lhe fez sinal com o polegar erguido. – Sim, tio Ernie! Sim! – ele exclamou.

– Ótimo! – disse Ernie. – Isto é trabalho, filho! Trabalho decente! Seu pai teria orgulho de você! Isso é que importa!

E eles gargalhavam, trabalhavam, cantavam e sentiam uma estranha espécie de alegria. Estavam tão alvoroçados que nem perceberam quando Annie entrou.

SETE

Annie trazia um lanche de festa na sacola de compras: palitos de queijo, rolinhos de salsicha, limonada, bolinhos de chocolate, um bolo que tinha *Feliz aniversário* escrito com glacê e um pacote de velinhas. Ela juntou alguns paletes para formar uma mesa. Usou rótulos de latas de peixe como guardanapos. Virou alguns baldes de cabeça para baixo para funcionar como cadeiras. Dispôs o lanche de aniversário de uma forma muito bonita, a coisa mais bonita naquela casa desde que começara a indústria de enlatados. Annie sorriu satisfeita, depois foi até o painel central de controle, encontrou a enorme alavanca em que estava escrito **CHAVE MESTRA** e a puxou para baixo. As máquinas pararam de repente.

– Sabotagem! – Ernie berrou. – Preparem-se para reagir! Eles não vão...

– Não é sabotagem – disse Annie, calmamente. – É hora do lanche.

– Hora do lanche? – falou Ernie. – Você não percebe que estamos enfrentando um momento de...

– Do aniversário do nosso sobrinho – disse Annie. – Portanto, façam um intervalo e venham lanchar.

Ernie fez cara feia, salivou, bufou. – Mas...

Annie foi até ele e lhe deu um beijo no rosto. – É um momento especial – ela disse. – Então, sossegue pelo menos uma vez.

Stan se afastou da sua máquina. Meio confuso, foi andando até as coisas lindas dispostas sobre os paletes.

Annie bateu palmas. – Esse é nosso sobrinho Stan – ela disse ao marido – e ele é bem mais importante do que nossos peixes.

– Agora tenho peixes que são meus, tia Annie – disse Stan. Ele lhe mostrou seus peixes-dourados e contou como os tinha conseguido.

– Oh, eles são deslumbrantes! – disse Annie. – São os peixes mais lindos de todo este mundo imenso.

Stan colocou o balde ao lado dos paletes e, enquanto eles comiam, ficaram observando e elogiando os peixes-dourados. Menos Ernie, é claro, que não conseguia comer de jeito nenhum. A lembrança da visita do investigador ficava flutuando e girando na cabeça dele.

– Acalme-se, Ernie – Annie dizia o tempo todo. – Acalme-se e coma um pedaço de bolo.

Mas ele não conseguia se acalmar. Na sua boca, o bolo era como pó. Como poderia contar à família sobre Clarêncio D. Repente? Como iria admitir a catástrofe? Cerrou os punhos. Precisava de uma estratégia, de um plano. Os peixes-dourados flutuavam e cintilavam lá embaixo. Ele enfiou a mão no balde e sentiu as nadadeiras e os rabinhos minúsculos roçarem seus dedos.

– Precisamos de uma nova linha – ele declarou.

– Uma o quê? – disse Annie.

– Precisamos deixar de trabalhar com arenque e bacalhau.

– Para trabalhar com o quê? – perguntou Annie. – E por quê?

– Porque estamos sendo atacados! – disse Ernie.

Annie sacudiu a cabeça. – O que você está querendo dizer, querido?

De repente bateram com força na porta da frente, e depois silêncio.

– O que é isso? – quis saber Annie. Ela se levantou e se encaminhou para a porta.

– Não vá! – Ernie berrou. – Não os deixe entrar.

– Não deixe *quem* entrar? – disse Annie.

– *Eles!* – respondeu Ernie.

– *Quem?* – disse Annie. Ela abriu a porta.

Não havia ninguém. Só uma perua branca que se afastava rapidamente. Então ela viu: uma notificação pregada na porta.

DECS

DEPARTMENTO de ERADICAÇÃO de COISAS SUSPEIXAS

PREMEIRO, ÚLTIMO & DERRADEIRO AVISO

Vai aqui diclarado neste dia 31 de JUNIO que foi discoberto um ensensato conhicido como senhor selêncio que faz coisas suspeixas no seu istabelicimento na alameda do Imbarcadouro 69, e por isso o ensensato e sua família, se é que ele tem família, tão recebendo esse PREMEIRO, ÚLTIMO & DERRADEIRO AVISO que essas coisas suspeixas têm que parar emediatamente! Senão todas as ingenhoeas suspeixas (i.é, máquinas, motoris, cabus e canus e tudo o que eu vi) vão ser tiradas na marra.

E AINDA a família vai ser dispeijada, i.é, vai para a rua!

Assinado
CLARÊNCIO D. Repente
(envestigador de premeiro grau, sete istrelas, dois galões)

PS Isso NÃO é piada!
PPS ATENSÃO! O envestigador vai voltar SEM ADEVERTÊNCIA!

VOCÊS TÃO AVISADOS!

Algum vezinho suspeixo? Telefone para 0191   876 5432
vamos despeijar ele!

vesite nosso site: www.DECS.gov

OITO

Quando viu a notificação, Ernie pulou até uma máquina evisceradora. Brandiu os punhos no ar. – Não nos renderemos! – ele berrou. – Vamos combatê-los nos dormitórios, vamos combatê-los na cozinha e vamos combatê-los no *hall*. Vamos construir barricadas e armadilhas. Não nos renderemos! Não nos renderemos! Deus e a justiça estão do nosso lado!

– Não estão, não – disse Annie. – Do nosso lado só há despropósito. Veja o que fizemos com nossa bela casa!

– Mas veja o que isso nos trouxe – explodiu Ernie. – Veja que negócio próspero! Estamos com dinheiro no bolso e comida na mesa!

– *Mesa?* – berrou Annie. – Nem *temos* mesa!

Em silêncio, Stan se recolheu ao seu armário levando um pedaço de bolo de aniversário. Esmigalhou um naco do bolo e deu de comer aos peixes-dourados. Suas boquinhas abriam e fechavam, como se estivessem cantando parabéns para ele, e Stan foi cantando junto, bem baixinho.

Ficou com a mão na água, fazendo cócegas e

afagando os peixinhos. Eles subiram à superfície para espiá-lo com seus minúsculos olhinhos pretos.

– Vocês são meus melhores amigos – ele sussurrou.

Lá fora, Ernie trovejava, falando das vendas de sardinha, dos altos preços da cavala, dos lucros do arenque.

Stan balançou a cabeça. – Esses peixes não importam – ele sussurrou. – O que importa são os peixes-dourados. Peixes-dourados são deslumbrantes. Peixes-dourados são maravilhosos.

Os treze peixes tremulavam e ondulavam na água, como se entendessem. Stan deu uma risadinha e sorriu para eles. Tinha certeza de que, se pudessem, retribuiriam o sorriso.

Lá fora, fez-se um silêncio mortal.

Não se ouviam as máquinas, não se ouvia cantar, não se ouvia discussão.

Annie veio até a porta do armário de Stan. – Seu tio está pensando – ela sussurrou.

– Pensando em quê? – Stan respondeu, também sussurrando.

– Só pensando – disse Annie.

Por um momento, ficaram ouvindo o silêncio juntos.

– Talvez pensar lhe devolva o juízo – disse Annie.
– Tomara – disse Stan.

O menino suspirou e sorriu, Annie afagou-lhe os cabelos, e o pequeno cardume de peixes-dourados nadava em torno da mão dele.

NOVE

Tudo bem. Como podemos observar o que vai acontecer agora? Como podemos ler a respeito de fatos tão ignóbeis, tantos erros e tanta tragédia?

O que poderia ser tão horrível? Você talvez esteja perguntando.

Ah, leitor inocente, só faça o que lhe cabe. Leia. Escute. Veja. Ou feche o livro e vá embora. Volte-se para histórias mais alegres. Deixe de lado estas páginas logo fadadas ao desastre. E depressa.

Ou então continue lendo.

É noite alta. Tudo parece calmo na alameda do Embarcadouro 69. Stan está no seu armário, dormindo profundamente. Está sonhando com patos e peixes num balde e o olho de uma menina espiando por um buraquinho no meio do pó. Annie também está dormindo. Seus sonhos são sobre como as coisas eram. Está de mãos dadas com o marido e o sobrinho e eles andam e riem à margem do rio cintilante. Lá há muitos barcos em construção. Há homens trabalhando. No cais há peixe e peixe com fritas. Não há máquinas de enlatar peixe. A voz de Ernie soa como uma doce risada.

Ernie não está dormindo. Não está rindo. Está encarapitado numa máquina filetadeira. Não para de pensar, e enquanto pensa tem uma visão, uma visão gloriosa, maravilhosa e terrível. Ele sabe que deveria rejeitá-la, que deveria ignorá-la, que deveria eliminá-la à força.

E ele tenta, tenta de verdade.

Ernie murmura a si mesmo. – Não – ele cerra os punhos. – Não!

Ao seu redor, todas as máquinas estão paradas. Há leves estalidos elétricos, barulho de água borbulhando, chiados de vapor. Ernie sabe que as máquinas são dele, que estão esperando, que farão sua vontade. Sabe que elas poderiam transformar sua visão em realidade.

Mas continua relutando.

– Não! Argh! Não posso! Não!

A noite se torna mais densa e profunda, e a visão volta, de novo, de novo; e Ernie murmura: – Não. Não. *Não!*

Então o amanhecer se aproxima. É a hora mais quieta, mais morta. A parte mais escura da noite.

– Não – ele sussurra mais uma vez, e sussurrando

ele desce da filetadeira, passa na ponta dos pés pela sua esposa adormecida, caminha na ponta dos pés na direção da porta do armário do sobrinho adormecido. Leva uma frigideira na mão. E as máquinas suspiram, em parte horrorizadas, em parte felizes por aquilo que seu dono está prestes a fazer.

– Coragem – ele sussurra para si mesmo, arrastando-se lentamente para a porta do armário. – Sim, é pavoroso, mas é pelo melhor. Sim, é cruel, mas vai nos tornar ricos. Então ninguém vai ser capaz de nos fazer fechar as portas. Ninguém nunca mais vai poder tirar nada de nós. Faça isso, Ernie. Faça. Faça pelo futuro; faça pela família; faça pelo pobre, pobre pequeno Stan...

Ele abre a porta. Um raio de luar brilha sobre o menino adormecido e atravessa até o balde. Lá estão eles, os lindos e ternos peixes-dourados. Agora Ernie está mergulhado em sua visão. Já não há resistência. Ele arreganha um sorriso quando enfia a mão na água, agarra os peixes, um por um, e os coloca na frigideira, um por um.

Pega doze. Os peixes ficam na frigideira, ofegando, se revolvendo, se contorcendo. O décimo terceiro se esquiva e sai flutuando na água, escapando sempre de novo dos dedos de Ernie, que estala a língua e resmunga.

– Quieto, seu pescadinho...

O menino estremece no sono. Ernie se encolhe, fica imóvel como uma estátua, mal respira. Os doze peixes sugam ar em desvairada agonia e silêncio. O menino continua dormindo. Ernie resvala para trás e sai rastejando.

– Venham comigo, meus queridos – ele sussurra. Corre até as máquinas. – Não vai machucar nem um pouco – ele diz.

Ele aperta botões, aciona alavancas, liga interruptores. Dá um sorriso arreganhado. Cerra os punhos. Salta de alegria quando as máquinas voltam à vida e começam a trabalhar.

Dez

O dia está claro quando Stan acorda. Nada de despertador, nada de sirene, nada de acorda-acorda. Ele esfrega os olhos. – Será que estou atrasado? – diz.

Então olha para baixo e vê seu balde deserto. Um único peixe sobe do fundo. E, quando sua boca faz *O, O, O e O,* Stan ouve sua voz em algum lugar do cérebro.

Meus companheiros, chora o peixe.

– Seus companheiros! – Stan responde. – Onde eles estão?

O peixe nada para o lado, vira o rosto. *Eles foram levados.*

– Levados? Como assim, levados? Levados por quem?

Mas não há resposta. O peixe nada para o fundo do balde, triste e angustiado.

Lá de fora vem um grito.

Um grito de terrível alegria, de triunfo.

– Sim! SIM! SIM! **SIM!**

– Ah, não! – grita Annie.

– **SIM!** – grita Ernie.

Stan levanta, abre a porta do armário.

O tio se volta para ele. – Aqui está! – ele grita. – Nossa nova linha!

E ele ergue a latinha com as grandes letras douradas: *Maravilhosos e Cintilantes Peixes-Dourados Potts*.

onze

O que *você* faria? Pularia de felicidade por seu tio ser tão esperto? Avançaria nele aos socos e pontapés? Diria: "Eu o perdoo, tio Ernie. Sei que suas ações, embora lamentavelmente equivocadas, são fruto das melhores intenções"? Bateria no chão, angustiado? Choraria de dor? Berraria de raiva? Espernearia, chiaria, rosnaria e salivaria?

Stan? Ele não fez nada disso. O horror da lata o paralisou. Não conseguia se mexer, não conseguia falar. Ernie embalava a lata nas mãos e murmurava palavras sobre um futuro dourado. Stan ficou com os olhos vidrados ao ouvir o tio falar das prateleiras das lojas abarrotadas de peixes-dourados *gourmets* enlatados por Ernest Potts. Ele falava de jantares no Ritz com petiscos de Maravilhosos e Cintilantes Peixes-Dourados Potts.

Annie foi até o sobrinho. Tentava aconchegá-lo ao peito, mas ele não conseguia se mexer. Estava como uma estátua. Seu coração batia no ritmo das palavras trágicas do décimo terceiro peixe: *Meus companheiros! Meus companheiros! Ó meus companheiros perdidos!*

Então Stan piscou, tossiu, baixou o braço e ergueu seu balde.

– Acho que vou dar um passeio, tia Annie – ele falou.

– Um passeio?

– Sim, um passeio.

Ernie sorriu. – Boa ideia, garoto! – ele disse. – Estique as pernas. Esfrie a cabeça. Respire ar puro – ele deu uma piscadela para Annie. – Está vendo? – ele falou. – Ele vai superar isso, não é, garoto?

Ernie se pôs de lado quando Stan passou ventando por ele. Esticou o braço para afagar o cabelo de Stan. O garoto voltou-se para ele.

– Acho melhor você não fazer isso – ele disse, baixinho. Abriu a porta.

– Stan? – Annie chamou. – Stan?

– Vou ficar bem – falou Stan.

– Está vendo? – disse Ernie. – Dê um tempo para o garoto ficar sozinho. É disso que ele está precisando – e o tio teve uma ideia. – Ei, Stan! Você podia voltar ao parque de diversões para arranjar mais algumas dessas belezinhas para mim. Umas duas

toneladas dariam! Ha-ha-ha-ha-ha-ha-há! Peixes-
-dourados em lata! Vão expulsar as sardinhas das
prateleiras! Vão derrubar os atuns! Vão aniquilar as
anchovas! Exuberantes peixes-dourados em lata!
Sou uma maravilha consumada! Sou o gênio dos
peixes! Fama e fortuna ao alcance da mão!... Ha-há!
Ha-ha-ha-ha-ha-há!

Stan se virou, lançou um último olhar para o tio
e para a tia e foi embora.

Doze

Annie foi até a porta e chamou Stan, enquanto ele se afastava rua abaixo. Será que ela deveria ir atrás do sobrinho desalentado? Ou deveria voltar e tentar acalmar o marido? Ela ficou vacilante, no umbral da porta. Outros olhos observavam Stan, os de Clarêncio D. Repente. A perua do DECS estava meio escondida numa passagem estreita no final da rua. Clarêncio D. apertava um olho arregalado contra seu telescópio. Primeiro mirou Stan, depois mirou a porta aberta do número 69 da alameda do Embarcadouro.

— Desagradável — ele murmurou. — Absolutamente espantoso — ele recuou. — De fato é o que eu pensava, rapazes.

Desta vez Clarêncio D. Repente não estava sozinho. O pelotão do DECS estava com ele, espremido dentro da perua. Eram quatro sujeitos broncos, vestidos de preto, de cabeça raspada, pescoço grosso e mãos massudas. Chamavam-se Delos, Elos, Calu e Salu.

— Deem uma olhada, rapazes — disse Clarêncio.

E o pelotão do DECS se acotovelou para pegar o telescópio. – O que acham disso, hein? – ele perguntou.

Delos disse que era um nojo.

Elos disse que era espantoso.

Calu disse que era revoltante, chefe.

Salu balançou a cabeça. Respirou fundo. – Chefe – ele disse –, agora tou vendo que o senhor tá certo em tudo o que contou pra nós. O mundo hoje tá rivirado. Vai ser uma honra dar uma leção nessa gente, pôr todos no olho da rua e arrebentar a cara deles.

– Falou bem, Salu – disse Clarêncio D. – Sua Grande Peixestade das Coisas Suspeixas ficaria orgulhoso de você. Agora, rapaziada, aqueçam as batirias.

Os broncos começaram a levar as mãos até os dedos do pé, balançar os braços e a correr no lugar, e a perua chacoalhava, pulava e guinchava. Distraído pela estranha movimentação, Stan deu uma paradinha ao passar. Clarêncio D. focalizou o telescópio bem no rosto dele.

– Rápido, rapaziada – ele disse. – Esse é um deles. Dá só uma olhada na cara do maldito.

Os rapazes olharam. Grunhiam e rosnavam de ódio.

Calu teve ânsia de vômitos. – É a coisa mais horrível que já vi, chefe – ele disse.

– Falou bem – disse Salu.

– Vou tratar ele cum calma – acrescentou Elos. – Posso arrancar os dentes dele, chefe?

– Não, Elos – disse Clarêncio D. – Ele é só um vairão, um peixinho qui serve de isca para pegar os peixes grandes. Temos que fritar peixes maiores. Deixe-o ir imbora.

Stan baixou os olhos para seu balde e continuou andando.

Clarêncio D. abriu sua pasta. Pegou uma folha de papel com o cabeçalho:

NOTIFICAÇÃO DE DESPEIJO DECS

Ele esfregou as mãos. – Tudo bem, rapaziada – ele disse. – Cabeça irguida, peito para fora, costas retas. Lá vamos nós.

E os rapazes do pelotão DECS puseram seus músculos para andar.

Stan continuou andando à luz da manhã. Passou pelo Quartel Naval, pelo albergue do Exército da Salvação e pela loja da Oxfam. O rio reluzia lá embaixo,

e ao longe avistava-se o mar azul e brilhante. Quando ele se aproximou do terreno baldio, viu que o parque de diversões estava sendo desmontado. As peças da grande roda-gigante estavam na carroceria de um caminhão. Os cavalos do carrossel estavam amontoados num *trailer*. Não havia sinal das barracas de cachorro-quente nem das de algodão-doce nem do velho vagão da Rosa Cigana. Stan caminhou em meio a tudo aquilo. Homens iam e vinham carregando marretas, cordas e lonas. Ouviam-se berros, xingamentos e roncos de motores.
– Cuidado com a cabeça, meu jovem! – alguém gritou. – Saia da frente, pirralho doido!

Stan se esquivava, desviava e andava. Não sabia por que estava ali, o que pretendia fazer ou encontrar. Estava sem rumo, ainda atordoado. A terra tremia sob seus pés.

– Então você voltou? – exclamou uma voz.

Era Dostoiévski, claro, que de repente se pôs a andar ao lado dele.

– Não conseguiu ficar longe, não é?

Stan não disse nada. Dostoiévski se aproximou mais. Seu braço roçou o ombro de Stan. Ele apontou para o balde: – Onde está o resto, hein?

Stan não conseguiu responder. Seus olhos se

encheram de lágrimas. Dentro dele, uma voz dizia: *Vá embora daqui. Vá para casa.* Outra dizia: *Continue andando. Ande até o fim do mundo, Stan.*

— Trabalhar um pouco? — perguntou Dostoiévski.

— Vocês estão indo embora? — disse Stan.

— Estamos, sim. Barracas desmontadas, patos recolhidos, *trailer* engatado.

— Para onde vocês vão?

— Aqui, ali, perto, longe. Pelo mundo todo, pode ser... — Ele fez uma pausa e sorriu. — Veio para ir embora com a gente, Stan?

— Não — disse Stan, mas pensando se na verdade não estaria querendo dizer sim.

— Tenho uns peixes novos bonitos — falou Dostoiévski.

— Lindos, brilhantes, cintilantes — ele se inclinou para mais perto do menino. — Nitasha ia ficar contente de ver você. Ela não fala muito, mas vi nos olhos dela. Acho que gostou de você, garoto.

Stan não disse nada. Na sua frente estava uma Land Rover com um *trailer* engatado a ela. Os patos da pesca ao pato estavam empilhados até a altura da janela do *trailer*. Nitasha espiava pela janela da Land Rover. Stan teve uma visão súbita de si mesmo sentado atrás dela, afastando-se de máquinas e latas de peixe, saindo livre pelo mundo.

– Sabe o que acho? – disse Dostoiévski. – Acho que você é um garoto que ficou na gaiola muito tempo. Acho que é um garoto pronto para uma aventura. Estou certo ou errado?

Stan encolheu os ombros.

– Está cheio de trabalho para você fazer – disse Dostoiévski. – Todos os peixes para cuidar. Todos os patos para limpar. Depende de você, mas acho que você é feito para viajar com barraca de pesca ao pato.

Stan suspirou. Talvez Dostoiévski tivesse razão. Com certeza ele não era feito para trabalhar em máquinas de enlatar peixe na alameda do Embarcadouro. Que vida era aquela? Que vida era morar com um bronco como Ernie, capaz de fazer a coisa horrível que tinha feito na noite anterior? Ele respirou fundo.

— E claro que vou pagar — falou Dostoiévski. — Conforme eu disse.

Stan respirou fundo de novo. Coragem, ele disse a si mesmo.

— Tudo bem — assentiu o menino. — Eu vou.

— Boa, garoto! — disse Dostoiévski. Ele abriu a porta da Land Rover. — Veja quem voltou para nós, Nitasha!

Nitasha olhou para Stan. Ficou espiando, como tinha espiado pelo buraquinho. No banco de trás havia um bujão de peixes, com um lindo cardume de peixes-dourados.

Stan entrou na Land Rover.

— É isso mesmo — disse Dostoiévski. — De olho nos peixes, garoto. Não queremos que eles espirrem fora, não é?

O homem subiu no assento do motorista, ligou o motor e saiu dirigindo devagarinho pelo terreno baldio esburacado. Aumentou a velocidade quando começou a subir, afastando-se do rio. Stan espiou pela janela. Olhou a rua em que morava e viu a tia e o tio fora da casa. Em toda a volta deles havia um monte de tubos e cabos. Um sujeito truculento vestido de preto e braços cruzados bloqueava a porta da frente.

– Se quiser, ponha seu peixe aí dentro – Dostoiévski disse para Stan, apontando com o queixo para o bujão.

Stan mergulhou a mão no seu balde. Tirou o peixinho e o colocou dentro do bujão.

Oi, meus companheiros!, ele ouviu dentro dele.

Nitasha virou para trás e mostrou a língua ao garoto.

– Bem-vindo à nossa pequena família, Stan – disse Dostoiévski. Então ele afundou o pé no acelerador, afastando-se da cidade, de tudo o que Stan tinha conhecido até então.

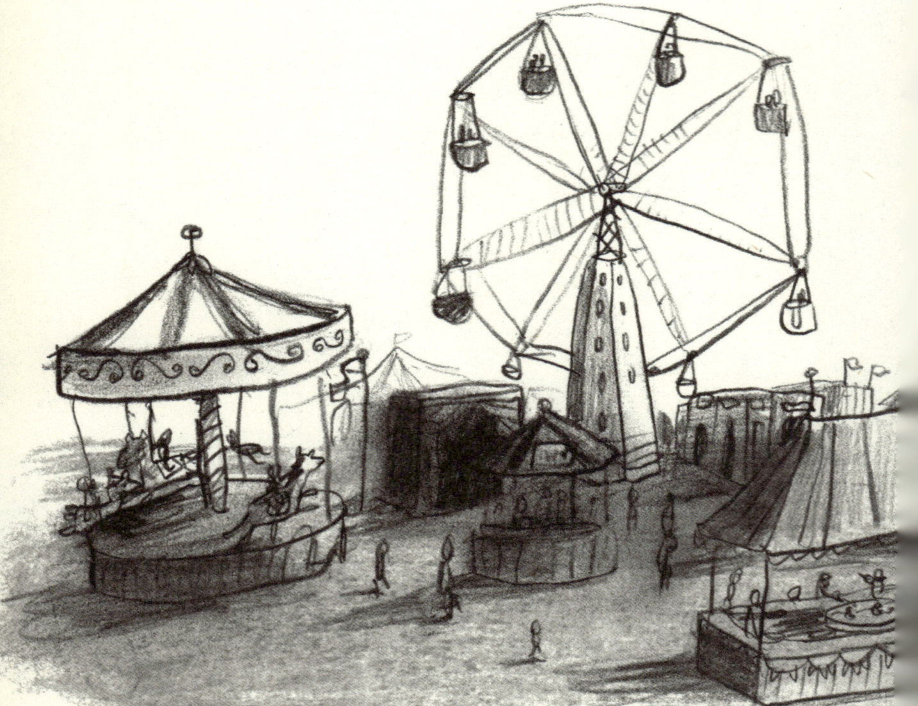

2.
O PARQUE DE DIVERSÕES

Treze

Está quase na hora de Pancho Pirelli. Logo ele vai entrar na história. Quem é Pancho Pirelli?, você deve estar perguntando. O sujeito é uma lenda extraordinária, um gênio em matéria de peixes. É um homem tão espantoso que muita gente se pergunta se ele é realmente humano. Como pode fazer o que faz? Como pode escapar da morte tantas, tantas e tantas vezes? Ele deve ter guelras, deve ter escamas; deve ter fragmentos písceos faiscando no cérebro, deve ter partículas písceas correndo no sangue. É o legendário homem dos peixes e, quando aparecer, vai virar o mundo de Stan do avesso e de ponta-cabeça. Neste momento, é claro, nesta altura da página, Pancho nem sabe que um menino chamado Stanley Potts existe. E Stanley também não sabe nada de Pancho. Mas seus caminhos estão determinados. Eles estão voltados um para o outro. Queiram ou não, vão se encontrar. É seu destino. Não vai demorar.

Enquanto isso, lá vai Stan rodando na Land Rover com Dostoiévski e Nitasha. O *trailer* atrás deles vai chacoalhando o tempo todo. Estão seguindo por uma estrada que margeia o mar. Há dunas, praias, água sem fim, alguns casebres de madeira e povoados. O sol brilha no céu muito azul, uma brisa sopra, barcos dançam nas ondas e Dostoiévski está feliz como nunca.

– Isto é vida, Stan! – ele exclama. – A estrada aberta! O mundo é nossa ostra! Estamos sós e sem amarras, livres e soltos!

Ele dá uma guinada para se desviar de um buraco na estrada e sorri para Stan pelo espelho retrovisor.

– Que tal, Stan, nosso garoto? Como se sente livre e solto?

Stan olha a distância. Mergulha os dedos no bujão dos peixes. Observa as dunas que passam como correnteza. Já está começando a pensar se não teria feito a coisa errada. Por que virou as costas parta tudo o que amava? O que deu nele, afinal?

Nitasha se vira no assento e arreganha um sorriso. – Ele está chorando! – ela diz.

– Não estou, não! – nega Stan.

Dostoiévski olha de novo para o menino. – Chorar é natural – ele diz. Você também ia chorar,

Nitasha, se fizesse o que ele está fazendo. Não é, nosso Stan? Está pensando melhor, Stan?

Stan tenta controlar a voz. Tenta evitar o olhar de Nitasha. – Não – ele diz, mas sua voz é pouco mais do que um sussurro.

– Está com saudade do seu pessoal? – Dostoiévski continua.

Stan cruza o olhar do homem. – Só um pouquinho, senhor Dostoiévski – ele diz, por fim.

Nitasha sufoca uma risadinha.

Dostoiévski dá uma piscada para Stan pelo retrovisor. – Sei que deve estar. Mas não importa – ele diz. – Logo vai se acostumar conosco. Logo vai se acostumar a viver livre e solto. Não é mesmo, Nitasha?

– Sim! – Nitasha bufa.

Stan baixa os olhos. Coragem, diz a si mesmo.

– E logo você vai esquecer as pessoas que deixou para trás – continua Dostoiévski. – Não é mesmo, Nitasha?

– Sim – Nitasha lança. – Vai, sim.

– É verdade – diz Dostoiévski. – Então pare de se preocupar, filho. Agora somos sua família e vamos cuidar de você.

Ele acelera. O motor ruge. A Land Rover e o *trailer* da pesca ao pato disparam.

Stan se recosta no assento. Diz a si mesmo que fez a coisa certa. Diz a si mesmo que tudo vai dar certo. Diz a si mesmo que precisa ter coragem. Mas continua contendo as lágrimas.

QUATORZE

Eles rodam, rodam. Dostoiévski e Nitasha comem torta de carne de porco e um *mix* de bombons e balas que compraram num posto do caminho. Nitasha lança doces por cima do ombro: amendoins cobertos de chocolate, balas de goma, goma de mascar, balas de menta, minigarrafinhas de Coca-cola, minhocas de goma. Vai tudo parar no colo de Stan, no assento em volta dele e no chão. O menino continua olhando para o mundo lá fora, que parece cada vez maior à medida que eles avançam.

– Você tem que comer – diz Dostoiévski. – Tem que juntar força, Stan. Não vai ser fácil manter uma barraca de pesca ao pato.

Então Stan começa a chupar uns docinhos em forma de coração que têm frases como BEIJE-ME ou VOCÊ É UM AMOR. Devagarinho vai mascando também uma jujuba. Enfia os dedos no bujão dos peixes e sente as nadadeiras, os rabos e as bocas minúsculas roçando sua pele suavemente. Há outros veículos de parque de diversões na estrada. Um caminhão enorme levando um Muro da Morte passa por eles roncando. Um *trailer* de escapamento aberto vem com uma mulher barbada e outra tatuada que acenam alegres pela janela. Dostoiévski também acena e toca a buzina.

O dia passa e a luz começa a esmaecer. O sol desce na direção do mar que vai escurecendo. Ao longe surge uma cidade: telhados, arranha-céus e torres. Dostoiévski se anima.

– É aqui! – ele grita. – É nesse lugar que estão precisando de uma barraca de pesca ao pato!

Eles entram na periferia da cidade e param num semáforo vermelho. Um guarda vai para a estrada e se põe na frente deles com as mãos na cintura.

– Comporte-se, Stan! – Dostoiévski cochicha.

O policial vai até a porta do motorista. – O senhor está com o parque de diversões – ele diz.

– Correto, oficial – confirma Dostoiévski.

– Nome?

– Wilfred Dostoiévski, oficial. E as crianças, Stanley e Nitasha.

O policial dá a volta até a janela de Stan. Espia. Abre a porta e ilumina o rosto de Stan com uma lanterna. Stan tem vontade de gritar. *Sim, você me pegou! Me leve! Me prenda! Sou Stanley Potts, o menino que fugiu da alameda do Embarcadouro!*

O policial aperta os olhos. – Então você é o Stanley? – ele sussurra.

– Sim, oficial.

– Diga uma coisa, Stanley – ele fala mais baixinho ainda. – Você é aquele tipo de garoto que causa problemas?

– É claro que não, oficial – diz Dostoiévski. – Ele é...

– O policial se vira. – Por acaso perguntei ao senhor, senhor Dostoiévski?

– Não, oficial – Dostoiévski admite.

– Então fique *fora* disso! – ele mostra os dentes, numa espécie de sorriso. – Você é daqueles que causam problemas, jovem Stanley? – ele volta a dizer.

– Não, senhor – Stanley sussurra.

– Ótimo! Porque... sabe o que fazemos nesta cidade com gente que causa problemas?

– Não, senhor – Stanley sussurra.

– Ótimo! É *melhor* que não saiba. Porque sabe o que aconteceria se você *soubesse*?

– Não, oficial – responde Stan.

– Você ficaria *muito* assustado – diz o policial. Ele continua iluminando o rosto de Stan com a lanterna. – Você sabe o que eu conheço? – ele diz.

– Não, senhor.

– Conheço garotos como você e sei o que garotos como você são capazes de tramar, principalmente nesses dias escuros. Na verdade, conheço toda essa gente vagabunda dos parques de diversões, que anda vadiando pelo mundo deixando no seu rastro todo tipo de encrenca. Também sei que se fosse do *meu jeito*... – ele baixa a lanterna. – Mas isso é outra história.

O trânsito aumenta. Um carro toca a buzina. O guarda recua. Ele focaliza a lanterna no carro que está logo atrás.

– Desculpe, oficial! – alguém exclama, amedrontado. – Eu me enganei! Não vi o senhor aí!

O guarda rabisca alguma coisa num bloco. Aponta com a lanterna para uma estrada lateral. Ilumina Dostoiévski.

– É lá o seu destino – ele diz. – Ali embaixo, no terreno baldio. Para onde vai o lixo. É lá que vão acontecer suas diversões idiotas. É lá que vocês vão ficar. Lá e em nenhum outro lugar. E, quando acabar...

– Quando acabar – diz Dostoiévski –, vamos dar o fora e seguir nosso caminho.

– Correto. E se houver alguma *encrenca*...

— E, se houver alguma encrenca, vamos pagar.

— Vejo que faz tempo que está nesse tipo de atividade, senhor Dostoiévski.

— Desde menino — diz Dostoiévski.

O guarda olha com desprezo e balança a cabeça. — Que desperdício estúpido de vida. Continue. Vá em frente. E não quero ver você e essas crianças encrenqueiras de novo. Vá!

Dostoiévski segue em frente, pela estrada lateral esburacada e cada vez mais escura.

— É sempre a mesma coisa, Stan — ele explica. — Eles nos tratam como uma desgraça, quando deveriam nos tratar como uma bênção. Não ligue.

Árvores e altas cercas vivas se projetam dos dois lados. A estrada se torna uma trilha barrenta e escorregadia, depois se abre para um espaço cheio de fogueiras acesas e espirais de fumaça subindo para o céu. Veem-se Land Rovers, *trailers*, cães escapulindo, crianças correndo, ouve-se música tocando.

— Chegamos — diz Dostoiévski. — Vamos cuidar de você, Stan. Eu e a minha Nitasha. Não é, querida?

QUINZE

Agora vamos a Stanley Potts. As coisas não foram muito fáceis para ele, não é? A vida não foi um mar de rosas. Não dá para dizer que ele está passeando por um caminho forrado de prímulas. Nem que as coisas para ele têm sido bolinho. De jeito nenhum. Mas o caso é que Stan tem a única coisa mais importante: um bom coração. E quem tem bom coração – como a *maioria* das crianças – acaba sobrevivendo.

Assim, aqui está Stan com sua estranha nova família, numa cidade distante, e cercado por um bando de pessoas que muita gente chamaria de vagabundas e esquisitas. Dostoiévski estaciona o *trailer*. Eles caminham pelo terreno. Vozes chamam por eles da escuridão e pelas janelas dos *trailers*.

– São Dostoiévski e Nitasha! Tudo bem, Wilfred? Como vão as coisas, Nitasha? Como vai a pesca ao pato?

Dostoiévski acena, responde aos cumprimentos e, às vezes, põe a mão no ombro de Stan e grita: – Este é meu novo garoto, Stan! É um bom garoto!

E as vozes respondem: – Oi, Stan! Bem-vindo ao parque de diversões, filho!

Passam por tocadores de flauta, um encantador de serpentes e um trio de meninos, um em pé nos ombros do outro. Sentam-se perto de uma fogueira acesa. Em volta dela há um círculo de pessoas, com os rostos brilhando à luz do fogo. Um homem se debruça e alcança as brasas com uma tenaz. Ele estende para Stan uma coisa preta, redonda e fumacenta.

– Tome – ele diz, com voz áspera. – É para você. Vá, garoto.

Stan fica olhando e não se mexe.

O sujeito dá risada. – *Vá* – ele diz de novo.

– *Vá* – insiste Dostoiévski.

Nervoso, Stan estende a mão e pega a coisa. É dura, preta e muito quente. Ele fica sem fôlego, deixa cair e pega de novo. As pessoas em torno da fogueira dão risada. – Vá jogando para cima e pegando – Dostoiévski ensina –, para esfriar.

Então Stan joga a coisa para cima, pega de novo, rola na palma da mão.

– Agora quebre para abrir – diz o sujeito.

Stan aperta com o polegar. Ainda está muito quente e mal dá para segurar. Mas ele aperta de novo e a coisa se abre. Um pedaço da casca preta cai e Stan vê que por dentro ela é bonita e branca, então sobe um cheiro delicioso, misturado à fumaça.

– Uma *batata*! – ele sussurra.

– Certo – diz o sujeito. – É uma batata, mesmo.

Stan a leva à boca, mordisca e sente sua maciez e seu sabor enfumaçado. Percorre os rostos em torno da fogueira e todos estão olhando para ele, sorridentes. Ele come de novo. É a coisa mais deliciosa que já experimentou. Dostoiévski dá risada e o envolve num abraço. Stan suspira, vai comendo e começa a relaxar. Tem a sensação de que está sorrindo. Olha para Nitasha, que parece mais feliz e um pouquinho mais bonita. Eles continuam ali, sentados. Comem mais batatas. Alguém põe uma caneca minúscula de chá nas mãos de Stan.

– Então, de onde você é, menino Stan? – pergunta um homem do outro lado da fogueira.

– Da alameda do Embarcadouro – diz Stan.

– Da cidade onde a gente estava ontem – Dostoiévski explica. – Lá estava duro. Estaleiro fechado, os caras na pior, essas coisas.

– Precisava melhorar de vida, né? – diz o homem.

— É isso aí — diz Dostoiévski.

— Bom, você veio dar no lugar certo, Stan — diz uma mulher, com os colares e as pulseiras cintilando à luz do fogo. — Aqui você está entre amigos.

Outra mulher, em outro lugar do terreno, canta uma bela canção estrangeira. Dostoiévski e os outros à beira da fogueira conversam. Falam de parques dos quais se lembram, de outros que conhecem de lendas e mitos. Alguém traz um engradado de cerveja para perto da fogueira, e, enquanto bebem, eles falam de mágicas, contorcionistas, bodes de duas cabeças e gente que é capaz de falar com os mortos. Falam com sotaques estranhos, de lugares e países distantes. Stan ouve e se perde nas vozes que lampejam e tremulam como as chamas. Perde-se nas histórias que se deslocam no ar como sombras misteriosas. Depois de um tempo, uma grande lua cheia se ergue sobre o terreno e banha tudo com sua estranha luz prateada.

— Dizem que Pancho Pirelli está por aí — fala uma das vozes.

— Pirelli? Pensei que estivesse em Madagascar, Zanzibar ou algum lugar desses.

— Pensei que tivesse morrido.

— Parece que foi visto na estrada, lá para o norte.

– Pancho? Vindo para cá? Deve ser boato.

– Ele sempre foi só um boato. Tudo o que dizem dele. Bah!

– É pôr os olhos nele para acreditar.

– Não há no que acreditar. Ele é um exibido, um fanfarrão.

– Engano seu. Ele é dos grandes.

– *Era* – corrige alguém. – *Era* dos grandes. *Era* extraordinário. Mas até Pancho Pirelli acabou envelhecendo, acabou perdendo sua velha magia, acabou...

A voz não terminou a frase. Todos suspiram o nome de Pancho e balançam a cabeça, sonhadores.

– Quem é Pancho Pirelli? – Stan se atreve a perguntar.

– Você vai ver – diz Dostoiévski. – Se ele aparecer, você vai ver; e você nunca viu nada igual.

Todos meneiam a cabeça, concordando, e continuam falando de outras coisas.

Dezesseis

Eles ficam ao pé da fogueira. Já noite alta, Stan sussurra a Dostoiévski: — Senhor Dostoiévski, acho que preciso ir ao banheiro.

— Você *acha* que precisa ir ao banheiro? — ele retruca.

— Quer dizer, preciso ir ao banheiro.

— O menino precisa ir ao *banheiro*! — Dostoiévski grita.

— Lavatório! — diz outra voz.

— Casinha, retrete, latrina, privada, cantinho!

Stan sente o rosto arder. — Onde é? — ele sussurra.

— É ali, no escuro — diz Dostoiévski. — Se é número dois, desça um pouco e cave uma vala — ele toca de leve no braço de Stan. — Não se preocupe. Amanhã vai ter um lugar conveniente. Vá até a beira do terreno. Vamos ficar de olho até você voltar.

Stan se levanta e se afasta, acompanhado pelas risadas. Ele se distancia da fogueira. Tropeça em sulcos de pneus, buracos e tufos de capim. Sente cheiro de batata, cerveja, torta, estrume de cavalo, fumaça de madeira e de cachimbo. Um cachorrinho fareja seu calcanhar. Duas crianças esqueléticas e seminuas chamam por ele. – Quem é você? Como se chama?

– Stan – diz o garoto.

– O que está fazendo aqui?

– Estou com a barraca de pesca ao pato – Stan responde e se surpreende por sentir uma pontinha de orgulho.

– Aha! – dizem as crianças, admiradas.

Stan sai do alcance das luzes e penetra na escuridão, no limite do terreno.

– Eu disse que íamos nos encontrar de novo – fala uma voz suave.

Stan se volta. Vê uma mulher, de vestido longo e lenço na cabeça. Seu rosto brilha sob o luar.

– Rosa Cigana – ela diz. – Lembra?

– Sim – responde Stan.

– Eu disse que você ia viajar. Lembra?

– Sim – diz Stan.

– E isso deve ter acontecido, pois você está aqui, tão longe. Lembro que seu nome é Stan – ela se aproxima. Segura o queixo dele e, delicadamente, vira o rosto dele para a lua. – Deixe-me olhar nos seus olhos. Ah, sim, vejo que ainda está espantado.

E vejo que está desencantado, conforme eu disse que aconteceria.

Stan não consegue se mexer. Não sabe se corre, se grita ou simplesmente fica onde está.

– Não se preocupe, Stan – murmura Rosa Cigana. – Não sou nenhum perigo para você. Tem prata para cruzar a palma da minha mão?

– Não tenho nada – ele diz.

– Nada? Não é bem verdade, não é mesmo, Stan? Você tem a si mesmo. Tem seu bom coração. Lembre-se disso sempre. Agora, vamos dizer que a lua é sua prata – ela abre a mão e faz o luar cruzar sua palma. – Obrigada, Stan. Agora abra a mão e deixe-me olhá-la.

Ela pega a mão dele e a abre, expondo-a ao luar. Ele baixa os olhos e vê as linhas, rugas, rachaduras e saliências de sua mão.

– A luz da lua é a melhor de todas – fala Rosa Cigana. – É a luz mais pura, é a que mais diz a verdade – e, com a ponta do dedo, ela segue as linhas da palma da mão do menino. – Oh, Stanley – ela murmura –, já houve momentos desastrosos na sua vida tão curta. Mas você vai viver muito. E tempos melhores virão, se você conseguir vencer os perigos que o esperam.

– Perigos? – Stan sussurra.

– Qual seria a razão da vida se não houvesse perigos a serem enfrentados e superados? – ela sorri. Stan não consegue responder. – Vejo água – ela continua. – Nela vejo um grande perigo – ela se debruça mais. – Você precisa ser corajoso. Muito ouro pode ser seu. Não se deixe perturbar pelos dentes.

– Perturbar pelos...

– Não sei o que isso significa. Mas sei que você deixou alguém para trás, Stan.

– Sim, minha tia e meu tio. Annie e Ernie. Dá para ver o que está acontecendo com eles?

Rosa Cigana balança a cabeça. – Não. Mas talvez seu coração e a lua os tragam para você.

– A lua?

– A lua contém os anseios dos corações humanos, Stan. Já notou como ela brilha mais intensamente quando a saudade nos machuca?

Stan não tem resposta. Será verdade? Ele levanta os olhos, pensa na tia e no tio ausentes e, sim, a luz da lua parece se intensificar.

– Annie e Ernie estão olhando para a mesma lua

que você, Stan – diz Rosa Cigana. – Eles também têm bom coração?

– Sim – diz Stan. Então ele pensa em Ernie e na lata de peixes-dourados e volta os olhos de novo para a Terra. – Mas...

– Mas cometeram erros...

– Sim.

– Como todos nós. Se os corações deles são bons e verdadeiros, a luz da lua impregnada dos seus anseios vai trazê-los para junto de você. Agora, parece que você ia a algum lugar, acho.

Stan engole seco. – Preciso fazer xixi – ele sussurra.

– Então vá – diz Rosa Cigana. – Veja, há uma sombra debaixo daquelas velhas árvores.

Stan se afasta. Esgueira-se para as sombras debaixo das árvores e faz xixi na escuridão prateada. Quando o menino volta, ela se foi. E o vulto escuro de Dostoiévski anda pelo terreno, chamando por ele.

Dezessete

Aquela noite, quando finalmente eles voltam para o *trailer*, Stan deita num banco, debaixo de um cobertor, com o décimo terceiro peixe e seus companheiros a seu lado. A lua brilha através da janelinha do *trailer*, ele olha para o alto e lança seus anseios pela noite. Então ele adormece, e em seus sonhos policiais raivosos acendem lanternas em seus olhos e o advertem de que é melhor se comportar. Um fogo brilhante ergue-se da Terra e se transforma na lua. Vozes sussurram, riem e cantam. Ele vê gigantes, anões e carneiros de três cabeças. Um homem forte o levanta, lança-o para o céu e o agarra na queda. Um homem com um tigre nas costas o persegue numa floresta. Patos giram em torno de sua cabeça. Ele se vê no fundo da água, nadando, e tem uma nadadeira nas costas. *Meus companheiros!* Ele grita. *Onde estão meus companheiros?* Vê Annie e Ernie andando pela estrada que beira o mar. Estão velhos, mirrados e exaustos. Ele os chama, tenta alcançá-los, então vem uma voz de muito longe:

– VAMOS! DE PÉ! SEIS HORAS, ESTÁ NA HORA DE COMEÇAR!

Stan acorda num sobressalto. Estará de volta à alameda do Embarcadouro? Já vão começar a enlatar os peixes? Não, ele está no *trailer*. A voz é de Dostoiévski.

– São seis horas, Stan. A barraca de pesca ao pato tem que ser montada. Está na hora de começar.

DezOITO

É fácil montar uma barraca de pesca ao pato, principalmente quando já foi montada tantas vezes, em tantos lugares, por tantos anos. Parafusar as tábuas, levantar algumas estacas para a cobertura, estender a cobertura no alto, amarrar a cobertura com algumas cordas. Recuar. Admirar. Ler as letras vermelhas:

> A FAMOSA PESCA AO PATO
> DE DOSTOIÉVSKI
> PRÊMIOS A TODA HORA!

Depois pegar a piscina de plástico para os patos de plástico e colocá-la no centro.

Stan gosta da tarefa depois que começa, assim como sempre gosta de trabalhar duro. Vai correndo até uma torneira num canto do terreno e volta, trazendo água num balde para encher a piscina. Enquanto corre, percebe que já tem amigos, gente que grita seu nome e acena.

Por todo lado, barracas e outras estruturas estão sendo montadas. O parque de diversões cresce a cada hora. Tem gira-gira de xícara para as crianças pequenas. Tem bate-bate e carrossel. Tem uma casa assombrada, um trem-fantasma, um castelo do Drácula. Tem barracas de tiro ao alvo e tiro ao coco. Tem cachorro-quente, batata frita, hambúrguer, costela de boi e pernil de porco. Stan vê o *trailer* de Rosa Cigana com o pequeno pônei amarrado ali perto, e mais *trailers* com nomes ciganos pintados nas laterais. Ele enche a piscina, limpa os patos, coloca-os na água. Pega as varas, os ganchos e os prepara para ficarem à mão dos clientes. Pega peixes-dourados do bujão e os coloca em sacos plásticos cheios de água. Enquanto os pendura no alto da barraca, ele diz, sussurrando, que vai cuidar de colocá-los em bons lares. Ele não pendura o décimo terceiro peixe, que nada gracioso pelo bujão, sussurrando as despedidas aos companheiros.

Dostoiévski aplaude quando tudo fica pronto. Vê Nitasha espiando pela janela do *trailer* e aponta para Stan, mostrando que realmente tem orgulho dele. Nitasha fecha a cara.

– Você é esperto, Stan – ele diz. – É como se tivesse nascido para isso.

Stan encontra papel e uma caneta. Senta na grama e, com letra caprichada, faz alguns certificados:

> Prometo que cuidarei bem deste lindo peixinho.
> Darei a ele água fresca, alimento e amor.
> Assinado_ _ _ _ _ _ _ _ _ _ _ _ _ _
> Data _ _ _ _ _ _ _ _ _ _ _ _ _ _ _

Nitasha sai do *trailer*. Está com os olhos embaçados e vestida com uma camisola velha e suja.

— O que é isso? — ela pergunta. Pega um dos certificados, lê e bufa. — Amor! — ela diz. — *Amor!* Hmf! Você acha que eles vão dar bola para isso quando estiverem longe dos seus olhos?

— Acho — diz Stan. — Vão ter que prometer.

Ela bufa de novo. — Prometer!

— Não ligue, Stan — diz Dostoiévski. Ele contempla a filha e balança a cabeça. — Ela era uma menina adorável.

— Era? *Era!* — ecoa Nitasha.

— Mas isso – diz Dostoiévski – foi no tempo da *senhora* Dostoiévski.

Nitasha lança um olhar furioso para o pai. Volta para o *trailer* pisando duro, entra e bate a porta.

— *Senhora* Dostoiévski? – diz Stan.

— É – diz Dostoiévski. – Minha mulher. Mãe de Nitasha. Ela partiu para a Sibéria com uma trupe de bailarinas. Nunca mais voltou.

A porta do *trailer* se abre. Nitasha aparece. – Ela disse que ia me levar junto, se quer mesmo saber! – ela solta. Ela fuzila Stan com os olhos. – O que você acha *disso*?

— Não sei – diz Stan.

— Depois falou que eu não tinha treinado bastante. Então, o que foi que ela fez?

— Foi embora para a Sibéria? – Stan pergunta.

— Sim! Ela foi embora para a *Sibéria!*

Nitasha bate a porta de novo.

— Sibéria? – Stan pergunta.

— Faz mais de um ano – diz Dostoiévski.

A porta se abre. – Espero que

tenha encalhado numa nevasca! – Nitasha grita. – Espero que tenha se transformado em gelo! – e a porta bate.

– Para ser sincero, Stan – Dostoiévski admite –, acho que a senhora Dostoiévski ficou um pouco decepcionada comigo. Ela tinha sonhos e ambições e acho que a pesca ao pato não era suficiente para ela. Seja como for, desde então Nitasha já não é a mesma.

A porta se abre de novo. Nitasha caminha até Stan, pisando duro. – Esta é uma fotografia dela, se *quer mesmo* ver!

Stan pega a foto. Ela mostra uma mulher esguia, de cabelo esvoaçante, com um vestido esvoaçante, saltando no ar.

– Ela parece linda – ele diz.

– *Linda!* – Nitasha bufa. Ela arranca a foto da mão dele. – Devolva – ela diz –, antes que você a estrague. – E ela volta para o *trailer*, pisando duro, e bate a porta.

Dostoiévski encolhe os ombros. A porta se abre de novo.

– Ela *era* linda! – Nitasha grita.

A porta bate mais uma vez.

Stan sente um puxão no braço. É um menininho.
– Senhor, posso tentar pescar um pato, por favor? – ele pergunta.

– Ela *era*! – Nitasha grita, por trás da porta fechada.

Dezenove

Stan está adorando aquela primeira manhã de pesca ao pato. É tudo muito diferente da casa maluca e lotada da alameda do Embarcadouro. Pequenos grupos e famílias caminham através do terreno, entre os passeios e as barracas. Ouve-se a música do *waltzer*. Gritos chegam da montanha-russa, em meio a seus estrondos. O menininho é o primeiro de muitos que vêm à barraca. Stan traz um cinto porta-dinheiro em torno da cintura. Logo ele fica pesado, cheio de notas e moedas. Stan ajuda as crianças a lidar com as varas e ganchos. Uma ou duas vezes teve de guiar suas mãos para que assinassem o certificado. Ele as olha nos olhos e as faz prometer que vão de fato cuidar dos peixes. Só uma pessoa faz objeção, é o pai de uma menininha vestida de vermelho e verde. A menina levanta um pato da piscina e guincha de prazer. Stan tira um peixinho lá de cima e pede que ela faça o favor de assinar.

— Assinar *o quê?* – diz o sujeito.
— Um certificado – diz Stan.

O homem e a filha leem o papel. A menina pega um lápis, mas o homem franze o rosto.

– Não faça isso – ele diz.

– Mas ela precisa – diz Stan.

– Quem disse? – pergunta o sujeito.

– Eu – diz Stan.

– E *por quê*?

– Porque... porque...

Stan começa a tremer. O sujeito tem uma corrente de prata em torno do pescoço gordo. Traz as palavras AMOR e ÓDIO tatuadas nas falanges. Seus olhos arregalados e enfurecidos encaram Stan. Seus dedos enormes e fortes cutucam o peito de Stan. Sua voz grave e rude rosna para Stan: – A gente não vai assinar nada se não quiser.

– Mas... – diz Stan.

– Por acaso você está sugerindo – o sujeito rosna – que eu e minha Minnie podemos ser cruéis?

– Não – fala Stan. – Mas...

– Tudo bem – diz o pai de Minnie. – Então dê o peixe a ela.

Dostoiévski está encostado no *trailer*, observando. Ele não se mexe. Stan olha para ele, depois para o sujeito. O menino está segurando o saco plástico com o peixe. O homem se avoluma à sua frente. Stan mal chega à altura do peito dele.

— Dê. O. *Peixe*. Para. Ela.

Stan respira fundo. Ele ergue o saco plástico. O peixe nada em círculos, desenhando oitos. — É só...

— É só um *peixe* estúpido — diz o sujeito. — O que um *peixe* estúpido tem de tão especial?

— Ele é tão pequeno... — diz Stan.

— Ah, pobre peixinho.

— Ele é tão pequeno e nós somos tão grandes — diz Stan. — É tão fácil machucá-lo. É...

O sujeito suspira. Ele solta um xingamento. Stan segura o peixe mais no alto. O sol se infiltra no saquinho plástico e o peixe brilha e cintila.

Minnie chega mais perto.

— Veja só como ele é lindo — diz Stan.

Minnie olha, admirada, como se estivesse vendo um peixe pela primeira vez.

— Veja as escamas — diz Stan. — Veja a leveza das nadadeiras e do rabo. Veja como ele se encurva e se enrola pela água. Veja o brilho dos olhos dele.

— Ele é lindo — diz Minnie, maravilhada. — Veja, papai, é como se ele estivesse dizendo O O O O. É tão pequenino, tão delicado, tão...

Até o homem, ouvindo a filha e olhando dentro

do saquinho plástico, parece fascinado, mesmo que apenas por um segundo.

– É lindo – diz Minnie. – Vamos assinar, papai, para levá-lo para casa.

O homem sussurra um xingamento. Ele suspira. – Tudo bem – ele grunhe, finalmente. – Tudo bem, assine e vamos embora.

Minnie assina o certificado. *Minnie*. Ela sorri para Stan. Stan sorri para ela.

– Muito obrigado – ele diz. – Volte e tente a sorte de novo.

Minnie vai-se embora feliz, com o pai, sussurrando para o peixe.

– Muito bem – elogia Dostoiévski, se aproximando. – Seu primeiro freguês complicado e você lidou muito bem com a situação. Vai enfrentar mais milhares – ele esfrega as mãos, tira o dinheiro do cinto de Stan e começa a contar as notas e moedas. – Está trabalhando muito bem. É da sua natureza, como eu disse.

Mais fregueses chegam. Logo sobra apenas um peixe pendurado na barraca, dentro do saquinho plástico, e só dois nadando no bujão junto com o décimo terceiro peixe. Stan está triste porque tantos se foram, mas também está satisfeito. Está elaborando o que acha que é o plano perfeito.

— Senhor Dostoiévski — ele diz.
— Diga, garoto.
— Eu estava pensando. Agora que quase todos os peixes já se foram...
— O que é que tem, garoto?
— Bem, pensei que talvez a gente pudesse oferecer tipos diferentes de prêmios.
— Prêmios *diferentes*?
— Sim. Como brinquedos de pelúcia, saquinhos de balas ou...
— *Brinquedos* de pelúcia ou saquinhos de *balas*? — diz Dostoiévski. Ele olha espantado para Stan e balança a cabeça. — Você tem mesmo muito que aprender. É uma *tradição*, garoto. Quem pesca um pato de plástico na barraca do Dostoiévski ganha um peixe. É assim, sempre foi e sempre será!
— Mas, senhor Dostoiévski, já não há quase nenhum peixe.
— Então vamos arranjar mais.
Stan levanta as mãos. — Mas *onde,* senhor Dostoiévski?
— Com o fornecedor de *peixes-dourados*!

Stan parece não entender. – *Que* fornecedor de peixes-dourados? – ele pergunta.

– Ora, ora, *ora*! O fornecedor de peixes-dourados do *parque de diversões*!

Stan olha para ele, espantado.

– Ouça, Stan. Todo parque de diversões tem um fornecedor de peixes-dourados. De onde você acha que vêm todos esses peixes? *Do nada?*

– Não sei – Stan admite.

– Exatamente. Você tem muito que aprender. Mas acho que é assim mesmo – Dostoiévski pega o cinto porta-dinheiro de Stan e lhe dá um punhado de moedas. – Encontre o fornecedor e compre mais alguns peixes.

Stan passa os olhos pelo terreno lotado de gente. – Onde *fica* o fornecedor? – ele diz.

– Não tenho ideia. Em algum lugar. Encontrá-lo faz parte do seu aprendizado.

– E quantos eu trago?

– Meio cardume.

– Meio cardume? Mas quantos peixes tem um cardume?

– Como é que vou saber? Parece que depende do dia. Existem cardumes pequenos, cardumes médios e cardumes do tamanho do mar. Diga ao fornecedor que você está comprando para o Dostoiévski e ele vai ajudá-lo.

– Quanto devo pagar?

Dostoiévski encolhe os ombros. – Mesma coisa. Diga que são para o Dostoiévski e ele vai fazer um preço justo – ele põe as mãos nos quadris. – Chega de perguntas, garoto. Vá em frente. Vamos.

– O senhor não vai dar o décimo terceiro peixe? – diz Stan.

– Não, Stan.

– Promete?

– Quer que eu assine um certificado?

Stan faz que não.

– Então vá – diz Dostoiévski.

– Tudo bem – diz Stan. E ele vira as costas.

– *Brinquedos* de pelúcia! – Dostoiévski resmunga. – Saquinhos de *balas*!

VINTE

Enquanto anda pelo parque, Stan tem a estranha sensação de estar sendo observado. Olha à sua volta mas só vê as crianças, os cachorros, as famílias e os donos de barracas de sempre. De vez em quando, alguém acena ou chama seu nome. Ele retribui o aceno. Continua andando. Continua com aquela sensação, como se um par de olhos o identificasse no meio de todas as pessoas do parque, um par de olhos que o está seguindo. Não é uma sensação que dê medo. É apenas um pouco... estranha.

Ele busca sinais do fornecedor de peixes-dourados. Uma mulher que está do lado de fora da casa assombrada entreabre a boca, põe à mostra um par de presas e diz que ele parece meio perdido. Ele informa o que está procurando.

— Peixes? — ela diz. — Nisso não posso ajudá-lo, garoto. Não há demanda de peixes no negócio de demônios e fantasmas. A não ser que estejam mortos, é claro.

Ela recolhe as presas, levanta as mãos cheias de garras e uiva como um lobo, fingindo que vai pegá-lo.

Stan continua.

– Sou Pedro Cócegas – diz um homem, que se põe a andar ao lado dele.

– Eu sou Stan – diz o garoto. – Você sabe onde fica o fornecedor de peixes-dourados?

– Faça-me rir que eu conto.

Stan para e olha para ele. Pedro está de calção de pele de leopardo e suspensórios prateados. Está com um chapéu pontudo na cabeça, no qual está escrito Faça Cócegas no Pedro e Ganhe £ 100 se Ele Rir. Ele mostra uma sacola.

– Só custa uma libra. Use uma dessas penas, uma haste, uma folha ou o que quiser. Faça cócegas em mim; se eu rir, você ganha 100 libras. Então eu conto o que sei sobre o sujeito que está procurando.

Pedro Cócegas está sério, com expressão sombria. Está esperando pela resposta de Stan.

O menino pensa na libra. Será correto gastar uma libra para tentar conseguir a informação?

– Também pode me contar uma piada, se conhecer alguma – diz Pedro. Ele suspira. – Faz vinte anos que não dou risada. Vamos, Stan. Faça-me rir.

Stan põe a mão no bolso, tira uma moeda de uma libra e a entrega para Pedro. – Por que o macaco caiu da árvore? – ele diz. É a única piada que conhece. É uma lembrança de muito tempo atrás, da escola.

– Não sei – responde Pedro Cócegas. Seu rosto se torna mais sombrio ainda. Ele suspira. – *Por que o macaco caiu da árvore?*

– Porque ele estava morto! – grita Stan.

Pedro suspira de novo. – É isso? – ele diz.

– Sim – diz Stan. – Já ouviu essa piada antes?

– Uma ou duas vezes. Ouça. Estou me sentindo generoso. Pode me contar outra.

Stan baixa os olhos.

– Você não sabe mais nenhuma, não é?

Stan balança a cabeça.

– Tente fazer cócegas, então – Pedro mostra a sacola de novo.

Stan escolhe uma pena comprida e muito colorida. Pedro levanta os braços e Stan faz cócegas nas axilas dele. Faz cócegas atrás do seu joelho. Faz cócegas no peito, nas pernas e no pescoço dele. Pedro não se mexe. Seu rosto está cada vez mais sombrio.

– Chega – ele diz, finalmente. – Pensei que você tivesse essa capacidade, Stan, mas evidentemente você não tem. Que decepção.

Stan põe a pena de volta na sacola.

– É meu meio de vida – Pedro explica. – Fiz fortuna juntando todas as libras que ganhei ao longo dos anos. Mas daria toda ela se conseguisse dar risada – ele encolhe os ombros e se vira para ir embora. – Talvez eu volte a vê-lo por aí, Stan.

– Mesmo assim você poderia me falar do fornecedor de peixes-dourados – diz Stan.

Pedro faz uma pausa. – Poderia.

– Então fale, por favor.

– Tudo bem. Não sei nada sobre nenhum fornecedor de peixes-dourados.

– Mas você disse...

– Eu disse que lhe contaria o que sei sobre o sujeito que você está procurando. E o que sei é nada – Pedro Cócegas observa Stan. – Está vendo o que acontece quando alguém passa vinte anos sem dar risada? Está vendo o que acontece quando alguém se sustenta trapaceando e pregando peças? A pessoa se torna cruel e amarga. É isso o que acontece, Stan. Até logo.

Stan dá um chute na grama. Faz meia-volta e ali, bem atrás dele, onde antes havia apenas um espaço vazio, ele vê um anúncio pregado num pilar que foi enfiado na terra.

> INDICAÇÕES PARA CHEGAR AO
> FORNECEDOR DE PEIXES-DOURADOS
>
> Passando os bate-bates barulhentos, para além dos caça-níqueis, a primeira à direita na roda-gigante, então passe na barraca de luta livre, onde você tem que gritar em voz alta. "IMOBILIZA ELE, TROVÃO!" Depois coma um pedaço de javali na Casa do Javali Assado e vá para a tenda que parece o MUNDO. Assobie a música É Longo o caminho até Tipperary* e lá você estará.

---

* *It's a long way to Tipperary*, canção inglesa escrita em 1912, que se tornou popular entre os militares na Primeira Guerra Mundial. Tipperary é um condado irlandês. (N. da T.)

VINTE E UM

Stan segue as instruções. Elas o levam bem ao interior do parque. A barraca de luta livre tem uma enorme entrada em arco, decorada com pinturas de antigos lutadores. Os lutadores pintados são mascarados, alguns posam de braços cruzados, outros com os braços erguidos para exibir seus músculos. Eles lutam uns com os outros, voam pelo ar com os pés à frente. Ouvem-se o rugido da multidão escondida dentro da barraca e exclamações altas de horror e espanto. De repente se faz silêncio, e Stan grita: "Imobiliza ele, Trovão!" Então vem uma onda de vivas e aplausos, e obviamente comemora-se uma vitória. Stan continua andando e se vê na Casa do Javali Assado. Um homem bigodudo, que parece um javali, está debruçado no balcão exibindo um pedaço de carne. – Uma costeleta, filhote – ele grunhe.

Stan pega a costeleta da mão peluda do homem. Mastiga a carne deliciosa e lambe dos lábios o caldo delicioso.

– Gostoso? – rosna o homem-javali.

— Sim — diz Stan.

— O que está procurando? — diz o homem-javali.

— Uma tenda — Stan responde.

O homem-javali grunhe. — Já ouviu a história do homem que comeu o javali?

Stan faz que não, balançando a cabeça.

— Acabou se transformando em javali. Já ouviu a história do javali que comeu o homem?

— Acabou se transformando em homem?

— Pode ser que se transformasse. *Devia* se transformar. Mas não, ele foi caçado e morto.

— Que pena — lamenta Stan, pensando na família do javali.

— É mesmo? — diz o homem-javali. — Ficou muito saboroso — ele apontou para a carne na mão de Stan. — Como você mesmo pode comprovar. Agora outra. Já ouviu a história da tenda que parecia o mundo?

Stan faz que não.

— Acabou não parecendo nem um pouco uma tenda.

Stan engole o último pedacinho da carne. Lambe os dedos. — O que isso quer dizer?

— Quer dizer que agora você devia estar assobiando.

Stan começa a assobiar "É longo o caminho até *Tipperary*". Um homem surge do meio das árvores e faz sinal para Stan se aproximar.

– O senhor é o fornecedor de peixes-dourados? – Stan pergunta.

– Eu *pareço* um fornecedor de peixes-dourados? – pergunta o homem.

– Não sei – diz Stan.

– Então eu pareço o quê?

– Não sei. Um homem.

– Um homem? Ótimo. Agora pode parar de assobiar essa música horrível. Venha comigo.

O homem estende o braço para uma árvore e a puxa, e Stan se dá conta de que o que parece ser árvores são de fato as paredes de lona de uma tenda com imagens de árvores, terra e céu.

– Pensei que fossem árvores! – Stan diz, ofegante.

Atrás dele, o homem-javali funga e grunhe.

– Claro que pensou – diz o homem a seu lado. – Você pensou que fosse o mundo. Mas não é. É só uma tenda. Agora entre depressa. Aliás, meu nome é senhor Smith.

– Eu sou Stan – apresenta-se o garoto.

– *Venha* – diz o senhor Smith.

VINTE E DOIS

O interior da tenda é cavernoso. Há árvores de verdade e Stan toca nelas; sim, elas são reais. A luz é fraca, como o amanhecer. O senhor Smith anda apressado, fazendo Stan correr à sua frente. Passam por enormes jaulas vazias cujas barras de aço estão todas enferrujadas.

– Elefantes – diz o senhor Smith, quando vê que Stan está olhando.

– Elefantes? – diz Stan.

– Havia elefantes nas jaulas. E também leões, tigres, zebras e ursos. Mas isso era antigamente, quando fornecíamos tudo. Agora tudo se acabou, com exceção dos peixes-dourados e alguns outros artigos. Depressa, por favor. E veja bem onde pisa. Parece que dois escorpiões escaparam.

Stan olha apavorado para o chão sob seus pés.
– *Escorpiões?* – ele ofega. – Por que vocês têm *escorpiões*?

– Para o número dos escorpiões, é claro. E, se ouvir um bater de asas, trate de se agachar. É a águia. Ela gosta de mergulhar sobre as cabeças e suas garras são muito compridas e muito, *muito* afiadas.

Stan olha para o chão; depois olha para o céu. Põe as mãos na cabeça e seu coração bate e pula.

– Minha nossa – diz o senhor Smith. – Vejo que não está acostumado a isso. O que está fazendo aqui, então?

Stan ofega de novo. Ele arregala os olhos para o homem. O que está fazendo ali? Como foi parar ali? Tem vontade de berrar:

"SOU APENAS UM MENINO COMUM! NÃO QUERO ESTAR NUMA TENDA QUE PARECE O MUNDO, PROCURANDO METADE DE UM CARDUME DE PEIXES- -DOURADOS! NÃO QUERO ME ASSUSTAR COM ESCORPIÕES E ÁGUIAS! QUERO VOLTAR PARA O INÍCIO, QUANDO EU TINHA UMA VIDA COMUM COM UMA FAMÍLIA COMUM NUMA CASA COMUM E ERA APENAS O PEQUENO STANLEY POTTS!"

O berro dentro da cabeça dele parece tão alto que Stan tem certeza de que o senhor Smith ouviu.

– E então? – diz o senhor Smith.

Stan suspira. – Wilfred Dostoiévski me mandou aqui – ele sussurra.

O senhor Smith meneia a cabeça. – Agora sim – ele diz. – Então venha. Aargh! Cuidado! Agache-se!

Stan se joga no chão e protege a cabeça com os braços. Não acontece nada. Ele ouve uma risada. Olha para cima.

– Brincadeirinha – diz o senhor Smith. – Funciona sempre. Agora levante-se. O fornecedor de peixes-dourados está à sua espera.

E ele sai andando.

VINTE E TRÊS

O fornecedor de peixes-dourados está sentado a uma escrivaninha diante de um monte de bacias de plástico. Uma rede de peixes está apoiada em seu ombro. Ele dá uma risadinha e faz sinal para Stan se aproximar.

– Você me achou. Muito bem. Metade da batalha terminou. Sou Riodomar. Qual é seu nome e qual é seu veneno?

– *Veneno?* – diz Stan.

– Desculpe. Você é novo, não é? O jeito de Riodomar é antes tomar um trago e bater um papo, depois tratar de negócios. Posso lhe oferecer água, água com gás ou soda preta.

De repente Stan se dá conta de que está com muita sede. – Do que é feita a soda preta?

Riodomar lhe dá um tapinha no nariz e uma piscadela. – De uma coisa preta – ele diz. – Uma coisa secreta. Deliciosa – ele abre uma gaveta da escrivaninha, tira uma garrafinha de vidro bojuda, cheia de um líquido preto, e a estende para Stan. – Tem gente que diz que isso faz somar melhor. Tem gente que diz que faz correr melhor – ele franze o nariz. – Até tem gente que diz que ajuda a beber soda preta melhor. Não, também não sei o que isso quer dizer. Como você disse que se chama, mesmo?

– Stan – diz o menino. Ele toma um gole de soda preta. Riodomar tem razão. É uma delícia.

– Agora, vamos bater um papo – diz Riodomar. – Lindo dia, não é, Stan?

– É – concorda Stan.

– Mas na quarta-feira passada fez um friozinho – acrescenta Riodomar.

– Fez mesmo? – diz Stan.

– Fez. Mas não aquele frio de rachar como em março. E a rapaziada de hoje, hein? Quer dizer, é sério mesmo, hein? Toda vez que a gente liga a televisão, aconteceu mais uma. É a devastação e a ruína do mundo. E a economia! A *economia*! Quer dizer, qual vai ser o fim de tudo isso?

Stan sorve a soda preta: um sabor estranho, como de mirtilo e sardinha ao mesmo tempo. – Não sei – ele admite.

– Nem eu, Stan. Quer dizer, eu estava dizendo ao Macintosh ontem à noite; sabe, o que se casou com aquela moça de Pembroke, aquela que manca um pouco depois que caiu da bicicleta quando tinha três anos; quer dizer, eu falava para ele "O que *vai ser* de nós? Qual vai ser *o fim* de tudo isso?" Ele não tinha ideia, é claro. Não é de espantar, quando a gente pensa em tudo o que ele passou com aquele coitado do cachorro dele. Mas, quer dizer, não *existe resposta,* existe? Quer dizer, você ouve eles falarem, e eles falam como se soubessem do que estão falando e o que vão fazer a respeito. E você sabe que eles não têm ideia. Quer dizer, é como se falassem por falar. Sabe o que estou querendo dizer? E o lixo, Stan? Não é como no nosso tempo, é? Culpo os professores. Devastação e ruína. E é longo o caminho até Tipperary, é isso que as pessoas não entendem. Você deu uma olhada no lado brilhante, não é? Há uma luz no fim do... Mas, ouça, foi mesmo muito bom falar com você, Stan, mas acho que não tenho o dia todo; e, de qualquer modo, o que vamos fazer com o preço dos peixes?

— Não sei, senhor Riodomar.

— Exatamente. Então. Você está atrás de A, B, C ou D? – ele vê a expressão desentendida de Stan. – Você quer Dourados Nobres, *Top* Médios, Não Tão Ruins ou Pequenos Diminutos? – e ele vê que Stan continua com cara de desentendido. – Vou lhe mostrar. Venha ver os tanques e eu explico.

Riodomar faz Stan contornar a escrivaninha até os tanques. Explica que os Dourados Nobres do Tanque A são os melhores e mais caros de todos, e os Pequenos Diminutos são os mais mirrados e mais baratos. Stan os observa. A seus olhos, são todos bonitos, os deslumbrantes e sinuosos Dourados Nobres, os inquietos Pequenos Diminutos e os intermediários.

— Eles são lindos – diz Stan. – Todos eles.

Como se ouvissem, vários peixes vêm à superfície e voltam os olhos e as bocas para Stan.

– Estou impressionado – diz Riodomar. – Você foi ao ponto. Eu posso fazer uma mistura se você quiser. Quantos vai levar?

– Meio cardume.

– E para quem são?

– Wilfred Dostoiévski.

– Aha! – diz Riodomar. – Dostoiévski. Meu cliente há muito tempo – ele volta para a escrivaninha e abre um arquivo. – Conforme eu pensava – ele diz. – Wilfred Dostoiévski costuma levar os Pequenos Diminutos.

Stan meneia a cabeça. Já imaginava. O décimo terceiro peixe que tinha salvado no seu aniversário era do Tanque D.

– Mas – continua Riodomar – ouvi dizer que ultimamente ele é outro homem.

– Outro homem?

– As notícias correm no parque de diversões,

Stan. Dizem que é influência de um menino que ele encontrou – ele fecha o arquivo e olha para Stan. – Ele se tornou *mesmo* outro homem, Stan?

– Não sei. Antes eu não o conhecia.

– Antes de ele encontrar *você*, é isso?

– Não sei – diz Stan.

Riodomar sorri. Ele dá uma piscada. – É um prazer e uma honra ter você aqui, Stan – ele diz. – Vou falar uma coisa. Vou fazer meio cardume misto. Certo?

– Certo – diz Stan.

Riodomar pega sua rede, mergulha-a nos quatro tanques, tira alguns peixes de cada um e coloca-os delicadamente num recipiente de plástico cheio de água limpa. Os peixes se aglomeram, acostumando-se ao novo espaço; depois, observados por Stan e Riodomar, eles se separam de novo em A, B, C e D.

– Engraçado, isso sempre acontece – diz Riodomar. Ele dá uma risadinha. – *Veja* os Dourados Nobres. *Veja* como são esplêndidos! Não acha que são esplêndidos, Stan?

– Sim – concorda o menino.

– Mas quais são seus favoritos de verdade, Stan?

Stan olha fixo para a água. – Os Pequenos Diminutos – ele diz, depois de um momento.

Mais uma vez, Riodomar dá uma risadinha. – Já imaginava. Talvez porque você venha do mesmo tanque, não é, Stan? – Riodomar sorri.

Stan remexe o bolso e tira algum dinheiro. – Quanto custam? – ele pergunta.

Riodomar pega algumas moedas da mão de Stan. – É o suficiente – ele diz. – Agora vire-se que vou colocar isto nas suas costas.

Ele ergue o recipiente de plástico, que tem umas alças presas a ele. Coloca as alças nos ombros de Stan. O recipiente é pesado, mas se ajeita facilmente nas costas de Stan. O menino o sente pendurado ali, tão próximo. Tem a impressão de sentir as vibrações dos peixes nadando.

– Está bem assim? – pergunta Riodomar. Stan faz que sim. – Então pode ir – o homem toca no ombro de Stan. – Sabe de uma coisa? Os pequenos diminutos agitadinhos muitas vezes acabam sendo os melhores.

Stan se despede. Vai embora, passando pelas jaulas enferrujadas vazias. Esqueceu os escorpiões e a águia. Sente nas costas a vibração dos peixes nadando. O recipiente de água cintila e reluz.

VINTE E QUATRO

Stan nem percebe quando passa pela parede da tenda, mas, de repente, lá está ele de novo no parque de diversões. Passa pela Casa do Javali Assado e caminha de volta, rumo à barraca de Dostoiévski. Algumas crianças se aglomeram atrás dele e o seguem. Cutucam o recipiente de água, apontam para os peixes. Pedem um, Stan ri e diz para irem à pesca ao pato de Dostoiévski para ganhá-lo.

– Na pesca ao pato do Dostoiévski sempre tem um prêmio! – ele diz, satisfeito consigo mesmo por divulgar tão bem a barraca.

As crianças dizem que vão, Stan vê como elas são alegres e amigáveis, e a cada passo sente-se mais em casa. Mas também tem a sensação, de novo, de estar sendo observado. Para na barraca de luta livre e olha ao redor. Vê um homem, nas sombras, em pé ao lado da barraca.

As crianças se admiram.

– É Pancho! – uma delas sussurra.

– Não é. Não pode ser.

– É, sim. Eu o vi o ano passado, em Marrakesh.

– É Pancho!
– É Pancho Pirelli.

As crianças se calam e Stan sente o tremor e a empolgação delas quando Pancho sai da sombra e vem ao seu encontro. Ele tem a pele e os olhos escuros. Está vestido de azul. Dirige-se direto a Stan.

– Você é Stan – ele diz. Sua voz é macia, longínqua, fraca. – Estava esperando por você, Stan. Todos estes anos sabia que surgiria alguém como você, e agora aí está.

Ele estende a mão. Stan a aperta. É estranho, mas ele sente como se conhecesse Pancho há muito, muito tempo.

– Estive observando você – diz Pancho. – É o menino dos peixes-dourados. Quer me ver fazer meu número?

– Sim, mas...

– Vai ser fácil me encontrar, Stan. Pergunte a qualquer pessoa. Venha amanhã, assista ao meu número e depois vamos conversar um pouco mais.

Ele se vira e vai embora. As crianças voltam a respirar normalmente.

– Pancho Pirelli – alguém sussurra. – Eu vi Pancho Pirelli!

– Por que ele estava de olho em você, Stan?

– Não sei – diz Stan. – Não sei de nada.

– Ele é o maior!

– Pensamos que tivesse desaparecido.

– Meu pai disse que ele tinha sido devorado.

– Devorado? – Stan pergunta, ofegante.

– É. Mas é claro que não foi. Pode ser que só tenha sido um pouco mordido.

– Dizem que ele está envelhecendo. Dizem que, se não tomar cuidado, vai acabar sendo devorado mesmo.

Stan quer fazer um monte de perguntas, mas as crianças se dispersam e saem correndo para contar à família e aos amigos que encontraram o grande Pancho Pirelli.

VINTE E CINCO

Dostoiévski fica maravilhado com os peixes. Diz que é uma coleção magnífica. Prende a respiração ao dizer isso. – Ouviu o que eu disse? – ele fala, com admiração. – Uma coleção magnífica! Você não ouviria Dostoiévski dizer uma coisa dessas sobre um punhado de peixes poucos dias atrás. Ouviria, Stan?

Stan encolhe os ombros. – Não – ele admite.

– Você é estranho – diz Dostoiévski, perscrutando o rosto de Stan.

– Eu? – diz o menino.

– Sim, sim. Está tendo uma grande influência sobre mim, jovem Stan – ele abre uma garrafa de cerveja e bebe.

O céu brilha como uma fornalha em brasa, depois vai escurecendo. Dostoiévski diz que barracas como a de pesca ao pato não têm muito movimento depois que escurece. Diz que são sossegadas demais para a noite. As pessoas querem as luzes intensas e a agitação dos *waltzers*. Querem gritar e berrar na montanha-russa. Querem se apavorar na casa assombrada e se assustar no Muro da Morte. Querem girar, rodopiar, descer e subir. Querem se fartar de hambúrgueres gordurosos e molhos picantes. Dostoiévski está sentado no degrau do *trailer*. Stan senta ao lado dele e a lua aparece sobre o parque de diversões; luzes, música e vozes começam a encher a noite.

Stan conta que viu Pancho Pirelli.

– Então é verdade – murmura Dostoiévski. – Ele voltou.

– Qual é o número dele? – Stan pergunta, mas Dostoiévski balança a cabeça.

– É melhor você mesmo ver, Stan. Pode ir amanhã.

– Ele falou comigo, senhor Dostoiévski.

– Que honra para você, Stan.

– Disse que estava me esperando.

– Sério? – Dostoiévski estende o braço e afaga o cabelo de Stan. – Eu tinha a mesma sensação.

– Sobre o quê?

– Sobre você, Stan. Assim que vi você limpando os patos e depois salvando os peixes com a água do rio. Como se você tivesse sido enviado a mim naquele dia. Como se você fosse especial – ele dá uma risadinha. – Ou talvez eu só esteja ficando bobo, não é? – ele dá uma risadinha de novo, e

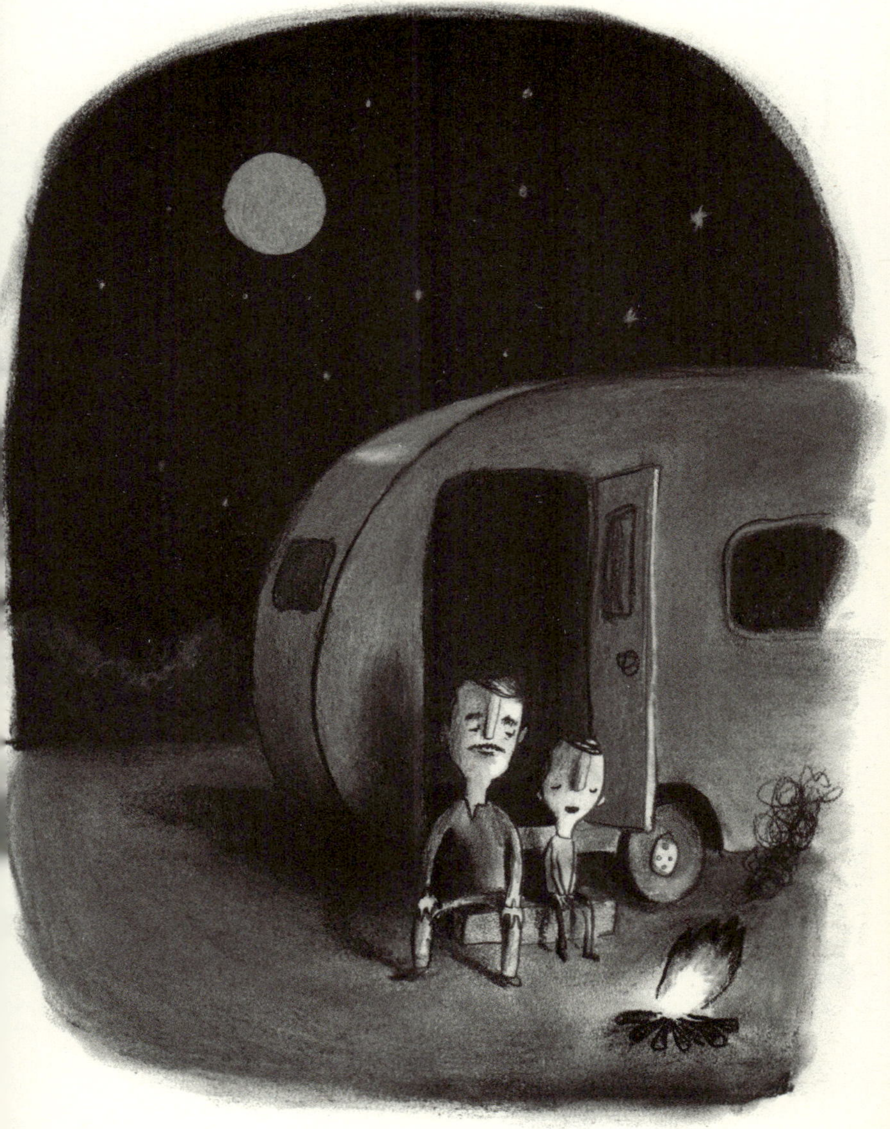

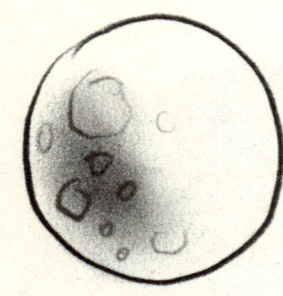

continua. – Mas, como eu disse, você é estranho.

Ficam em silêncio por um momento, olhando a lua.

– Essas são as alegrias de uma vida sempre a caminho – fala Dostoiévski.

– Quais são elas? – diz Stan.

– As coisas simples como essa, jovem Stan. Coisas como ficar sentado no degrau do *trailer* à luz da linda lua. Dizem que isso enlouquece a gente, sabe. Dizem que não se deve deixar a lua brilhar em cima da gente por muito tempo.

– Já ouvi isso – diz Stan.

– E você acredita? – pergunta Dostoiévski.

Stan encolhe os ombros. Ele não sabe muito bem no que acredita de verdade.

– E alguns dizem que o luar é uma coisa boa – diz Dostoiévski. – Dizem que todos precisamos de um pouco de loucura dentro de nós. *Nisso* você acredita, jovem Stan?

Stan pensa nisso. Pensa no mundo. Pensa em si mesmo e nas experiências estranhas que tem vivido, nas coisas estranhas que tem visto. Olha o céu e o universo. Imagina o universo avançando sempre e sempre para as estrelas, e para além das estrelas, e para além do além das estrelas, e sabe que seus pensamentos nunca terminarão.

– Então? – sussurra Dostoiévski. – Todos precisamos de um pouco de loucura dentro de nós?

Um cachorro late em algum lugar. Uma mulher canta uma canção doce que se difunde no ar apesar do barulho do parque de diversões e dos gritos dos seus frequentadores.

– Talvez a loucura esteja em nós, de qualquer modo – conclui Stan –, quer a gente queira ou não.

Dostoiévski meneia a cabeça. Ele olha para Stan com uma expressão de estima e respeito. – Isso é muito sábio – ele diz.

E os dois relaxam, sorriem e deixam a loucura da lua se despejar neles.

VINTE E SEIS

É tarde da noite, Stan já foi para a cama mas está bem acordado. Para além da janela do *trailer*, as luzes do parque brilham e cintilam, e a lua ainda está no céu. O bujão de peixes está ao lado da cama dele. Também brilha e cintila, e lá estão os peixes que vieram do fornecedor de peixes-dourados. Stan sente a empolgação e a alegria do décimo terceiro peixe, nadando entre os recém-chegados. *Bem-vindos*, ele ouve. *Sejam bem-vindos, companheiros.* Ele ouve mais alguma coisa, alguma coisa mais triste, uma fungada, uma respiração ofegante, ali perto. Ele ouve. Vem de dentro do *trailer*.

– Nitasha – ele sussurra. – Nitasha?

Ninguém responde, mas as fungadas continuam. Ele se esgueira para fora do estrado e vai rastejando até a traseira do *trailer*, onde fica a cama da menina, atrás de uma divisória de compensado. Stan bate de leve.

– Nitasha. Você está bem, Nitasha?

– Fora daqui.

As fungadas começam de novo. Ele ouve soluços.

– Nitasha.

— Fora daqui! O que você tem a ver com isso?
— Posso entrar?

Não há resposta. Ele empurra a divisória, que se abre. Ele se arrasta para dentro da cabine minúscula.

— O que houve? — ele sussurra.

Nitasha puxa as cobertas por cima da cabeça, depois as baixa um pouco, deixando apenas o nariz e a boca de fora.

— Ela *era* linda — ela sussurra.
— Imagino que fosse, mesmo.
— Mas ela não me *amava.*
— Tenho certeza de que amava.
— Por que ela iria embora se me *amasse*?
— Não sei — Stan sussurra, mas sabe que também deixou pessoas que ele ama.

Nitasha baixa um pouco mais as cobertas. Stan vê seus olhos voltados para ele.

— É tudo horrível — ela diz.
— Não é, não — ele diz. — Ou não precisa ser — e ele desvia os olhos. Está desolado. Não sabe nada. Como pode ajudar Nitasha se ele mesmo também é uma criança?

— Você tem seu pai — ele sussurra, finalmente.
— Ele? Ele não me suporta. Ele gosta mais de *você* do que de *mim.*
— Não, não é verdade — diz Stan.

– Ele queria que *você* fosse seu filho, não *eu*.

– Não, ele não queria.

– E ele tem razão. Eu era legal, mas não sou mais. Sou preguiçosa, feia, gorda, não sirvo para nada nem para ninguém. Agora me deixe sozinha.

– Talvez você pudesse começar a fazer umas coisas – Stan sugere. – Você podia me ajudar na barraca.

– Ajudar na barraca! Uh. Um dia vou ter minha própria barraca, não vou precisar dele, não vou precisar dela, não vou precisar de você nem de ninguém, nunca mais.

– O que quer dizer com isso, sua própria barraca?

– Vou ficar cada vez mais feia, cada vez mais horrível, cada vez mais gorda, vou criar barba, montar uma barraca e vou ser a Mulher Barbada Mais Feia e Mais Gorda que Já se Viu.

– Ora, Nitasha! – diz Stan.

– Ora Nitasha *o quê*?

– Ora, Nitasha, você poderia ser linda. A noite passada, à beira da fogueira, você começou a ficar realmente...

– Esse é meu plano – diz Nitasha. – Vou virar um monstro. Vou fazer fortuna. Então não vou precisar de ninguém.

– Ora, Nitasha!

— Ora Nitasha coisa nenhuma. Agora vá embora — e ela puxa de novo as cobertas por cima da cabeça.

Stan se vira para ir embora, começa a rastejar de volta para seu estrado. — Amanhã vou encontrar Pancho Pirelli — ele diz, por cima do ombro.

— *Uau!* — ela zomba, debaixo das cobertas.

— Você podia ir comigo.

— Para as pessoas verem seu monstro ao seu lado?

Stan hesita. — Não — ele diz. — Para as pessoas verem ao meu lado alguém que é quase como minha irmã.

Nitasha baixa as cobertas e olha para ele: — Você é louco. Deixe de ser estúpido. Volte pra cama.

Stan volta rastejando pelo chão do *trailer* e sobe no seu estrado estreito. Olha para Dostoiévski, que está do outro lado. O homem está de olhos abertos e suas lágrimas brilham sob o luar. Ouve um soluço, depois o silêncio, e então, bem mais tarde, um sussurro de Nitasha:

— Você estava falando sério, Stan?

— Falando sério o quê?

— Aquela história de ser quase como uma irmã?

— Claro — diz Stan.

Então se faz silêncio de novo, com exceção dos últimos gritos, risadas e exclamações que vêm lá de fora, do parque de diversões.

VINTE E SETE

Stan acorda alvoroçado. É quase como se fosse seu aniversário de novo. A manhã está clara e brilhante. Ele ajuda Dostoiévski a erguer a barraca, a colocar os patos na água, a pendurar os sacos plásticos com os peixes. Vai algumas vezes até a porta do *trailer* e chama Nitasha, mas não tem resposta, a não ser um ou dois grunhidos.

Dostoiévski põe o braço em torno do ombro de Stan. – Deixe, filho – ele diz. – Ela é assim mesmo. Vá em frente. Vá sozinho.

Stan encolhe os ombros. Suspira. Está para ir embora sozinho, como fez no seu aniversário alguns dias antes, quando a porta do *trailer* se abre e Nitasha aparece, corada e tímida. Está de vestido florido, lavou o rosto e penteou os cabelos.

– Nitasha! – admira-se o pai.

A menina não consegue olhar para ele.

– Você está linda, querida – ele diz.

Ele enfia a mão no bolso, acha

algum dinheiro e o coloca na mão dela. Stan vê lágrimas brilharem em seus olhos.

— Vá, querida — Dostoiévski diz. — E...

— Divirta-se — sussurra Stan.

— Divirta-se — diz Dostoiévski.

— Diga obrigada — Stan sussurra.

— Obrigada — ela murmura. Levanta os olhos por um instante. — Obrigada, papai.

Stan está muito contente e muito orgulhoso. Nitasha caminha a seu lado rumo ao centro do parque. Eles passam pelos bate-bates e pela barraca de luta livre. Na Casa do Javali Assado, o homem-javali arreganha um sorriso para eles.

— Arrumou uma namorada, é? — ele rosna.

Stan o ignora e olha para o lado das árvores. Estranho. Hoje a tenda parece uma tenda pintada. Suas paredes de lona se agitam com a brisa, e árvores que ontem pareciam reais são apenas pintadas. As pinturas são desajeitadas, como se fossem feitas por crianças, e a tinta está lascada e quebradiça. E há uma placa pintada:

TENDA DE ABASTECIMENTO
PEIXES-DOURADOS, ESCORPIÕES, ÁGUIAS
E OUTRAS COISAS DO TIPO
ENTRE
COIDADO COM OS PÉS E A CABEÇA

— Por que não está assobiando? — rosna o homem-javali.

Stan não diz nada.

— O gato comeu sua língua?

Stan não diz nada.

— Já ouviu a história do homem que comeu o javali? — pergunta o homem-javali.

— Sim! — diz Stan.

— Aha! Então ouviu a história do mundo que se transformou numa tenda?

— Não — diz Stan.

— Acabou parecendo só uma tenda! — o homem-javali funga, dando risada.

A porta da tenda se abre e o senhor Smith sai correndo. — *Já* está de volta para buscar mais peixes? — ele pergunta.

— Não — diz Stan.

— Está olhando para a tenda, não é?

— Sim — responde Stan.

— E está achando que ela parece simplesmente uma tenda, não é?

— Sim — diz Stan.

— Claro que parece! — diz o senhor Smith. — Se é uma tenda, e é isso que ela é, o que mais poderia parecer?

– Não sei – diz Stan.

O senhor Smith olha para o relógio. – Ouça – ele diz –, ontem a tenda parecia o que parecia porque ontem era ontem. Há dias em que enxergamos mais... *intensamente* do que em outros dias. Entenderam?

– Não – diz Stan.

– Não – diz Nitasha.

O senhor Smith pensa um pouco. Olha para o relógio de novo. – Nem eu! – ele admite. – Agora, saiam da frente. Estou indo ver o esplêndido Pancho Pirelli. Junto com muitos outros, como veem.

Stan se vira e vê muitas pessoas correndo na mesma direção. O senhor Smith vai depressa juntar-se a elas, e Stan e Nitasha fazem o mesmo.

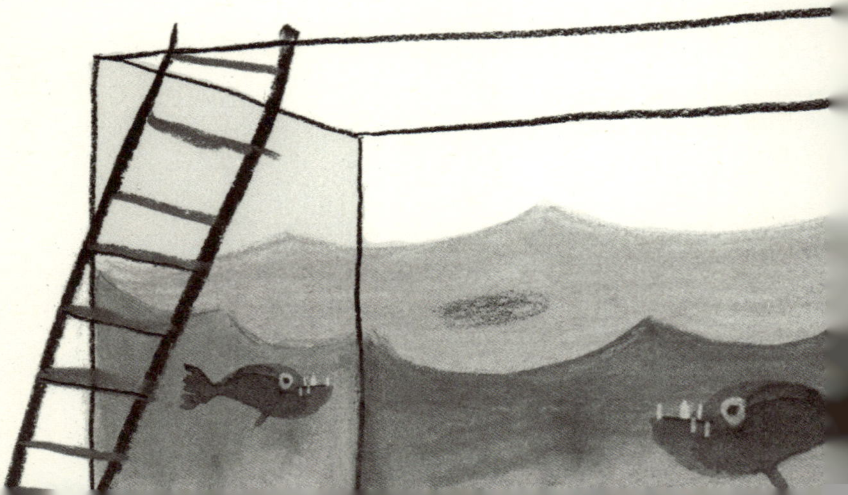

3.

O TANQUE DAS PIRANHAS

VINTE E OITO

Assim, aqui estamos. Este é o cenário. Há um espaço livre no centro do parque de diversões. Um espaço gramado, onde as pessoas estão aglomeradas. Trouxeram piqueniques, frascos de café, engradados de cerveja, garrafas de vinho. Há algumas fogueiras acesas, cheiro de costeletas grelhando e batatas assando. Crianças lutam, correm e dançam. Bebês balbuciam e choram.

Nitasha fica perto de Stan. Eles abrem caminho através da multidão até um reboque azul. O reboque azul está embrulhado em lona azul, na qual está escrito um nome, em enormes letras douradas:

! PANCHO PIRELLI !

Algumas pessoas falam com os dois quando eles passam. – Olá, jovem Stan. Como vai, Nitasha?

Stan mal as ouve. Seus olhos estão voltados para o reboque, para o nome de Pancho. Ele pega Nitasha pela mão e faz a menina seguir adiante. Sente como se tivesse sido atraído para esse lugar. Treme de ansiedade e medo, aperta mais forte a mão da menina. – Vamos – ele sussurra. – Fique comigo, Nitasha, por favor.

Ela sussurra que vai ficar.

Então se faz silêncio, e de repente aparece o próprio Pancho, ao lado do reboque. Está com uma capa azul, amarrada ao pescoço com um cordão dourado. Traz óculos de mergulho azuis no alto da cabeça. Ele olha para a multidão, vê Stan e sorri, e o sorriso aumenta ainda mais a ansiedade de Stan. O menino conduz Nitasha mais para perto, para a frente da multidão. Estão tão perto de Pancho Pirelli que, se estenderem a mão, quase conseguirão tocá-lo.

– Sejam bem-vindos – Pancho murmura; então ele volta os olhos para a multidão e seu rosto se enrijece. – Meu nome – ele diz, em meio ao silêncio – é Pancho Pirelli.

As pessoas dão risadinhas, suspiram e sorriem.

Pancho ergue a mão. – Estou aqui – ele diz à multidão – para tocar nos dentes da morte para vocês. Estou aqui para olhar nos olhos dela para vocês. Estou aqui para dançar com ela para vocês.

– Faça isso, Pancho! – alguém grita do meio da multidão. E outras vozes começam a gritar.

– Faça isso, Pancho! – Sim, adoramos você,

Pancho! Você é doido, Pancho! Você é louco! – Você é maluco! – Você é maravilhoso! – Faça isso para nós, Pancho Pirelli!

Pancho deixa as vozes se manifestarem por um momento, depois estende os braços para a lona azul que envolve o reboque. Ele dá um puxão e a lona se abre como as cortinas de um palco. Stan fica boquiaberto, pois lá, por trás da lona, há água limpa. O sol bate nela e vê-se um cardume de peixes nadando elegantemente. O reboque inteiro é um tanque de peixes. E os peixes em seu interior?

– Piranhas! – a multidão murmura, com a respiração suspensa. – As Perigosas Piranhas de Pancho Pirelli!

Pancho se vira. As vozes silenciam. – Estas – ele diz – são as minhas piranhas.

Os peixes até que são bonitos, ovalados, cinza-prateados com um tom vermelho nas bochechas e nas mandíbulas inferiores. Cada um tem mais ou menos o tamanho de uma cabeça de criança, não mais do que isso. Stan arregala os olhos. – Piranhas! – ele sussurra a Nitasha. Ele sabe, como quase todo o mundo, que elas têm fama de ser ferozes. São os legendários peixes mortíferos dos mitos, os peixes que em alguns segundos estraçalham um ser humano até os ossos.

Mas *aqueles* peixes parecem tão mansos e calmos. Será que são *realmente* piranhas?

– Eles não são piranhas! – alguém grita. – Não é *possível* que sejam piranhas!

Pancho sorri. – Não – ele diz. – *Claro* que não é possível que sejam piranhas. Quer enfiar a mão no tanque para fazer um teste? – ele avança e se mistura à multidão. – Que tal a senhora, madame? – ele pergunta. – Ou o senhor, cavalheiro?

As pessoas riem. Põem-se de lado e se afastam para dar passagem a Pancho. Stan vê Pancho abrir caminho em meio à multidão. Vê os peixes flutuando tão lindos em sua água cristalina, impelidos com tanta elegância por suas nadadeiras e suas caudas, as bocas abrindo e fechando como se estivessem dizendo o O O O O O O o.

– Ou você, jovem rapaz? – diz a voz a seu lado.
É Pancho, claro, inclinando-se para Stan.

– Parece conhecer o mundo dos peixes – diz Pancho. – Parece até que você mesmo poderia ser um peixe. Gostaria de...

Mas de repente ele se afasta e estende o braço para pegar um menininho que está ali perto, comendo um sanduíche. – Ou *você*! – ele lança. – Parece um tipo de menino muito travesso. Estou certo?

O menino não consegue falar, mas o homem que está com ele diz: – Está certo, sim, senhor Pirelli! Ele é um garoto travesso!

– Papai! – o menino grita. Tenta se soltar de Pancho, mas não consegue. Ele ofega, ri e grunhe ao lado de Pancho.

– Ele é um monstrinho, senhor Pirelli! – diz o pai, que mal consegue falar de tanto rir. – É um terror. Eu e minha mulher já dissemos muitas vezes que ele deveria ser dado de comer às piranhas de Pancho Pirelli!

– Então vamos fazer *isso*! – diz Pancho. Ele leva o menino na direção do tanque e tira o sanduíche da mão dele. – O que é *isto*? – ele pergunta.

– Um... um... um sandiche de sachicha – gagueja o menino.

Pancho levanta o sanduíche por cima das paredes de vidro do tanque. Os peixes se precipitam, furiosos. Abrem e fecham as mandíbulas e seus olhos lampejam malévolos através do vidro.

– Coitadinhos dos peixinhos, eles estão com fome, garotinho – diz Pancho. – Posso dar seu sandiche de sachicha para eles comerem?

– Sim, senhor Pirelli – o menino sussurra.

Ao lado do tanque está presa uma escada. Pancho sobe, segurando o sanduíche na mão. Os peixes nadam para a superfície. O menino volta correndo para o pai e a multidão dá risada. Pancho chega ao alto da escada. Ele se debruça sobre o tanque. Sorri e deixa o sanduíche cair; seus peixes aterradores avançam sobre o sanduíche e o massacram. Há um tumulto no tanque e silêncio na multidão.

O coração de Stan troveja. Nunca viu nada tão violento... e tudo por um sanduíche de salsicha. Ele se pergunta o que aquelas piranhas fariam com um *menino.*

VINTE E NOVE

Pancho sorri. O sanduíche se foi. Os peixes nadam com energia e urgência renovadas, como se estivessem procurando mais alguma coisa para devorar dentro daquele tanque vazio.

– Viram? – ele diz. – Viram o que meus peixes fazem com um sandiche de sachicha? Imaginem o que fariam com um... – ele grunhe, desapontado. – Mas onde está meu menino travesso, meu monstrinho? Ah, estou vendo que ele correu de volta para o papai – e Pancho franze o cenho. – Quero o menino de volta! Os peixes estão com fome! Eles estão esperando!

O pai do menino está com os dois braços em volta do filho. Agora ele encara Pancho, desafiando-o a pegar o menino.

Pancho relaxa e sorri. – Não se preocupe, cavalheiro – ele diz. – É só brincadeirinha. Seu monstro está a salvo. Agora, vejam.

Ele enfia a mão por baixo do tanque e tira uma galinha morta. Ela foi depenada. Pancho a segura por uma pata e a balança na sua frente. – Está na hora de alguma coisa um pouco maior – ele diz à multidão.

Ele sobe a escada de novo. Mergulha a galinha no tanque. Os peixes avançam e, em alguns segundos, ela é dilacerada até os ossos. Mais alguns segundos e os ossos também são dilacerados e desaparecem. Os peixes continuam nadando em círculos, em espirais, em ameaçadores trajetos em oito.

– Vocês acham que eles estão satisfeitos? – pergunta Pancho Pirelli.

Mais uma vez, ele desce a escada. Pega um sapato velho que está jogado no chão. É um pedaço de couro duro e retorcido. Provavelmente está ali há meses, há anos. Pancho o coloca na palma da mão e o examina, torce, finge que o cheira. A multidão dá risada. Então Pancho joga-o para cima, o sapato velho faz uma curva no ar e cai no tanque, espirrando água. Na mesma hora ele some, estraçalhado pelos dentes das piranhas, agarrado por suas mandíbulas, engolido por suas entranhas. E elas continuam rondando, procurando mais.

Pancho volta os olhos para Stan e, quando começa a falar, parece que está se dirigindo só a ele.
– Quem teria coragem de mergulhar neste tanque,

de nadar com estes peixes? – Seu olhar é mais intenso. – Você? *Você?*

Stan agarra a mão de Nitasha. Balança a cabeça. – Não – ele murmura. – *Não!*

Pancho volta a andar entre a multidão. – Vocês gostariam de ver Pancho Pirelli entrar no tanque? – ele pergunta. – Teriam coragem de ver, se ele entrasse? Ou fechariam os olhos? Virariam de costas? Sairiam correndo, aos gritos?

Ele mostra uma sacola de veludo vermelho.

– Precisam pagar, é claro – ele diz, com voz macia. – Precisam dar dinheiro para ver um homem enfrentar um perigo desses – e moedas caem dentro da sacola.

– Obrigado, cavalheiro – ele murmura. – Obrigado, senhora – e às vezes ele para e olha para a multidão com tristeza ou desdém. – Só vão dar isso? – ele sussurra. – *Vocês* enfrentariam a morte por isso? Paguem mais. Paguem *mais*! Obrigado. Melhorou muito – ele sacode a sacola, as moedas tilintam. Ele denuncia quem tenta se esconder para evitar seu olhar, para não pagar nada. – Estou vendo você – ele diz. – Não vai conseguir *me* enganar. Não há como se esconder de Pancho Pirelli. Você não tem nada? Ah, mas deve ter uma moedinha minúscula em algum lugar. Um centavo, um tostão. Pegue, jogue aqui dentro para ver o maior espetáculo que já viu. Obrigado, senhora. Obrigado, cavalheiro.

Finalmente ele sorri. Leva a sacola cheia de moedas até Stan. – Quer cuidar disto para mim até eu voltar? – ele pede.

– Sim – diz Stan, pegando a sacola.

Pancho desamarra o cordão do pescoço. A capa cai dos seus ombros. Ele está de sunga azul. Entrega a capa para Stan. – Isto também? – ele pergunta.

Stan pega a capa. Pancho sobe a escada. Baixa os óculos de mergulho e os ajeita na frente dos olhos. Debruça-se sobre a beira do tanque. E lá vai ele.

TRINTA

As pessoas tapam os olhos com as mãos, desviam o rosto. Prendem a respiração horrorizadas. Imaginam o tanque se tingindo de vermelho com o sangue de Pancho. Ouvem-se risadinhas, risadas e gritos. Mas não de Stan. Sim, seu coração pula, sua pele se arrepia, suas mãos tremem. Mas ele vê a beleza e a coragem de tudo aquilo. Vê a elegância de Pirelli mergulhando na água. Os peixes se afastam, abrindo espaço para ele. Colocam-se ao seu redor quando ele para no centro do tanque, batendo na água com movimentos suaves dos pés e das mãos. Pirelli olha para fora, de frente para a multidão que o observa, e os peixes fazem o mesmo; e por um momento tudo dentro do tanque quase se imobiliza. Então Pancho se move, ondulando o corpo suavemente. Inclina a cabeça, mexe as mãos, levanta os pés.

– Ele está *dançando*! – Nitasha sussurra.

E é verdade. Pancho está dançando e os peixes começam a dançar em formação, em torno dele, girando e descrevendo curvas na água, que há apenas alguns momentos era cenário de tanta selvageria.

Então alguém grita: – Respire, Pirelli! Respire!

E todos, até então em transe, se dão conta de que Pirelli não respirou nem uma vez desde que entrou na água. Como ele consegue fazer isso? Como pode ter tanto controle? Com certeza vai se afogar. Mas o rosto de Pancho está calmo e seus movimentos fluidos. A multidão chega mais perto. Todos levantam os olhos para o homem e os peixes que dançam diante deles. Como ele pode ainda estar vivo? Como seus

159

peixes não o estraçalham até os ossos? Como que para tranquilizá-los, Pirelli sobe à superfície por um instante, balança o rosto no ar, respira fundo e volta a mergulhar para junto de suas piranhas. E voltam a dançar, espiralando e girando, fazendo laçadas, dando piruetas e cambalhotas, como que acompanhando uma bela música aquática que ninguém do lado de fora do tanque consegue ouvir.

Então Pancho Pirelli sobe. Vai até o alto da escada. Levanta o braço para agradecer aos intensos aplausos da multidão. Aí ele desce ao chão e pega sua capa com Stan.

– Achou que eu fosse morrer? – ele pergunta.

– Não – Stan sussurra.

Pancho sorri e se embrulha na capa. Levanta os óculos de mergulho. – Acha que *você* vai morrer?

– Eu? – diz Stan.

– Sim, você – responde Pancho. – Acha que vai morrer quando chegar *sua* vez de mergulhar no tanque com as minhas piranhas?

Ele estende o braço e põe a mão no ombro de Stan. – Vou treinar você, Stan. Vou lhe dar toda a ajuda necessária. Mas, no fim das contas, não vai ser questão de treino nem de ajuda. É seu destino, Stan. Soube disso assim que o vi. Você veio a este lugar para receber o bastão de Pancho Pirelli. Você vai ser como eu, Stan. Vai ser um mito, um artista legendário. Seu nome estará escrito em dourado numa lona azul. Imagine só, Stan.

Stan imagina:

¡ STANLEY POTTS !

Então, assustado, ele sai correndo do seu destino.

TRINTA E UM

Aquela noite, enquanto o luar entra pela janela do *trailer*, Stan está dormindo com a mão pendente para dentro do bujão dos peixes-dourados. Ele sente pequenas nadadeiras e caudas roçarem sua pele. Sonha com mandíbulas e dentes ferozes. Sonha com estranhas danças ao som de música aquática. Por trás da sua divisória, Nitasha não consegue dormir. Tem a impressão de que nunca mais vai dormir. Olha para a lua, ouve a música de um *waltzer* e sente como se estivesse acordando de um sono que tivesse durado a vida toda. Dostoiévski ronca, virando toda hora na sua cama estreita. Seus sonhos são com a Sibéria, com nevascas uivantes e gelo que torna a terra dura como aço. Sonha com uma mulher esguia que dança num lago congelado, com fragmentos minúsculos de gelo cintilando no ar em torno dela. E sonha com sua Nitasha. No sonho a menina também está num mundo de gelo, um mundo tão frio que ela própria também se transformou em gelo. Mas há um brilho no horizonte, um sinal de alvorada. Talvez signifique que o sol vai voltar e que sua Nitasha vai começar a descongelar, vai começar a viver de novo.

Mas, leitor, por um momento vamos deixar esse trio no *trailer*. Vamos ter algo como nosso próprio sonho. Vamos atravessar o teto do *trailer* e pairar sobre esse terreno estranho cheio de apresentações, carrosséis, desempenhos especiais, momentos mágicos, fogueiras, costeletas, batatas, escorpiões, peixes e tendas. Vamos subir até o luar de modo que as fogueiras se reduzam ao tamanho de vaga-lumes; o *waltzer* se torne como que um cometa distante. Vamos subir de modo que a cidade que abriga o parque de diversões também encolha, de forma que possamos ver a extensão cintilante do mar escuro das proximidades, as enormes protuberâncias e os picos denteados das montanhas. Vamos subir rumo à lua, às estrelas e à maravilhosa e aterradora imensidão do universo. E vamos olhar para baixo, quase como se fôssemos a própria lua, para tentarmos enxergar o que aconteceu com os outros pedaços da nossa história.

Veja. Lá está a estrada entre as montanhas e o mar, que Stan, Dostoiévski e Nitasha percorreram em sua viagem a partir da alameda do Embarcadouro. Vamos percorrê-la no sentido contrário.

Veja, lá está a própria alameda do Embarcadouro, tão longe, perto do estaleiro abandonado; vamos viajar através da noite e nos aproximar daquele lugar. Como poderemos fazer isso?, você deve estar perguntando. Mas é fácil, não é? Bastam algumas palavras colocadas em algumas frases e um pouco de imaginação. Poderíamos ir a qualquer lugar com palavras e nossa imaginação. Na verdade, poderíamos deixar toda esta história e encontrar outra, em algum outro lugar, e começar a contá-la. Mas não. Talvez mais tarde. É melhor não deixar nossa história aos pedaços, portanto vamos encontrá-los e começar a juntá-los.

Aha! Veja, ali, na estrada que sai da alameda do Embarcadouro. Está vendo? São eles, duas figuras caminhando aos tropeções, sob o luar, com sacos nas costas. Vamos chegar mais perto. São uma mulher e um homem. Será de surpreender que sejam Annie e Ernie, os parentes despejados de Stanley Potts? Parecem não estar levando quase nada, só alguns pertences amarrados em trouxas.

Vamos chegar mais perto ainda. O que é aquilo em seus olhos? Tristeza, sim, mas também determinação. Com certeza é a determinação de encontrar seu menino perdido e trazê-lo de volta para seus braços. Talvez tenham ouvido a história de um menino como aquele trabalhando numa barraca de pesca ao pato, num terreno baldio, numa cidade não muito distante. Talvez... Mas como podemos saber o que eles sabem e o que acham? Será que podemos entrar em suas mentes com palavras ou com nossa imaginação? Talvez sim. Mas, ouça, não é necessário. Eles estão falando.

– Vamos encontrar nosso Stan – Annie diz a Ernie.
– É, vamos, sim! – Ernie diz à sua mulher.

E os dois seguem caminhando através da noite, que já está quase se tornando amanhecer.

Aqui estamos, então. Eles estão caminhando na direção certa. Talvez não demore muito para chegarem exatamente aonde deveriam estar: no cerne da história.

Vá em frente, Annie. Vá em frente, Ernie. A história está esperando por vocês. Seu menino está esperando por vocês!

Ah! Veja como eles erguem o polegar quando os primeiros carros passam. Estão pedindo carona, leitor. Tomara que um motorista amável os pegue e os leve depressa rumo ao parque de diversões.

Mas o que é isso, agora, que vem chacoalhando pela estrada no lusco-fusco do amanhecer? Ah, caramba, é a perua do DECS. E, dentro dela, será o Clarêncio D. Repente aquele com as mãos no volante? E será que são Delos, Elos, Calu e Salu aqueles que vão esmagados ao lado dele? Sim, são eles. E com expressões de urgência e também de determinação. O motor da perua do DECS ruge. Será que Clarêncio D. reconhece os dois que estão pedindo carona na beira da estrada? Talvez. Ele diminui a velocidade ao passar por Annie e Ernie, como se fosse oferecer carona, mas é claro que está apenas zombando. As expressões do casal se iluminam, mas se fecham assim que reconhecem a perua. Baixam o polegar e desviam os olhos. Clarêncio D. Repente baixa a janela e, com Delos, Elos, Calu e Salu, atira uma saraivada de insultos em seus ouvidos. Então estouram gargalhadas e a perua do DECS se vai, ruidosa, ao encontro de Stan, de volta à história.

TRINTA E Dois

Stan acorda dos seus sonhos aquáticos. A luz do sol entra pela janela do *trailer*. Lá fora, levantam-se vozes zangadas, são as vozes de Dostoiévski e Pirelli. Stan sai da cama e fica ouvindo atrás da porta.

– O senhor não pode simplesmente chegar desse jeito e levá-lo embora – diz Dostoiévski.

– É o destino dele, cavalheiro! – Pirelli responde.

– Aqui ele vive bem, tem um bom lar e um bom trabalho!

– Bom trabalho? Tomar conta de uma barraca de pesca ao pato, lavar patos, brincar com peixinhos...

– *Peixinhos?* Pois fique sabendo que alguns deles são Dourados Nobres!

– *Dourados Nobres!* Piranhas são os peixes que realmente importam. Piranhas e nada mais!

– *Piranhas!* Acha que vou dá-lo ao senhor para ser devorado por esses monstros?

– Por acaso eu fui devorado, em todos esses anos de exibição?

– Mas *o senhor* é Pancho Pirelli!

– E *ele* é Stanley Potts! Ele leva jeito, tem a *magia*.

Tenho certeza disso. Vai ser meu aprendiz; vou ser seu treinador e conselheiro. Vou levá-lo ao lugar de origem ancestral de todas as piranhas, ao Amazonas, ao Orinoco, os grandes rios da América do Sul. Nesses lugares distantes e maravilhosos ele vai aprender a nadar com as piranhas, a pensar como as piranhas, a sentir como as piranhas. E então...
– E então o quê?
– Então, senhor Dostoiévski, ele vai voltar gloriosamente. Vai fazer exibições para todos nós. Vai se tornar tão grande e famoso quanto o grande Pancho Pirelli! Como todos os grandes apresentadores de parques de diversões da história, como o legendário Houdini, vai se tornar um mito! – Pirelli fala com voz suave. – Certamente o senhor mesmo viu, cavalheiro, que esse menino tem algo especial.
– Claro que vi – diz Dostoiévski.
– E certamente – Pirelli continua – o senhor não acha que ele chegou a este lugar por acaso.
– Claro que não – diz Dostoiévski. – Desde o início eu soube que esse garoto tinha algo especial.
– Então!
– Mas eu achei que esse algo especial tivesse a ver com peixes-dourados, pesca ao pato, com...
– Ele tem uma vocação maior, senhor Dostoiévski.

Sua vocação é ser não menos do que o sucessor de Pancho Pirelli.

Faz-se silêncio entre os homens. Stan se prepara para sair do *trailer.*

– Mas, senhor Pirelli – diz Dostoiévski –, agora nós amamos o garoto. Ele é da família!

Stan baixa a maçaneta, abre a porta e sai. Os dois homens olham para ele.

– Cavalheiro – diz Pancho, suavemente. – Há apelos até maiores do que a família.

– *Será? Será* mesmo?

Essas palavras são ditas por Nitasha. Ela sai do *trailer* logo atrás de Stan, enrolada num penhoar. Ela pisa duro.

– Quem o senhor pensa que é para falar do nosso Stan desse jeito? Ah, sim, sei que o senhor é o grande, maravilhoso, famosamente maravilhoso e espantosamente espetacular Pancho precioso Pirelli. Mas o que o faz pensar que pode falar de Stan como se ele fosse um escravo ou coisa parecida, que ele não tem escolha ou coisa parecida?

Dostoiévski olha para a filha, admirado. – Falou bem, Nitasha – ele murmura.

– Huh! – ela responde. – Não estou nem aí para os seus "falou bem, Nitasha". Você é tão ruim quanto ele. Limpe os patos, encha a piscina, cuide da barraca, compre os peixes! Oh, Stan, você é tão *especial*. Oh, Stan, gostamos *tanto* de você. Mas que escolha ele tem nessa história, hein? O coitado do garoto não sabe se vem ou se vai. Sabe, Stan?

– Como? – diz Stan.

– Você não sabe se vem ou se vai, *sabe*? Não, não sabe. Stan tinha o caminho *dele,* e não sei por que *não tem* – ele podia voltar para casa são e salvo na... Como se chama, Stan?

– Alameda do Embarcadouro – responde Stan.

– *Exatamente!* – diz Nitasha. – Ele poderia ter voltado para casa, na alameda do Embarcadouro. Mas, ah não. É limpe os patos, encha a piscina, compre os malditos peixes...

– Psiu – pede Stan.

– Hein? – diz Nitasha.

– Fique quieta.

– Só estou dizendo a eles que devem perguntar o que *você* quer, Stan.

– Eu sei – diz o menino.

– Então o que você *quer*?

Stan suspira. – Quero meu café da manhã.

– Seu café da manhã? – repete Dostoiévski.

– Sim. Quero chocolate quente, torrada e quero

sentar numa mesa e comer direito, como não faço há muito, muito tempo.

– Certo – diz Dostoiévski.

– Certo – diz Pirelli.

– E quero que vocês todos fiquem quietos e parem de discutir enquanto eu como – Stan acrescenta.

– Tudo bem – diz Dostoiévski. – Café da manhã. Deve haver um fornecedor disso, suponho. Quer me ajudar a encontrá-lo, senhor Pirelli?

Pancho olha para Stan. – Quer que eu faça isso? – ele pergunta.

– Sim! – diz Stan.

E os dois homens rumam para o centro do parque de diversões.

TRINTA E TRÊS

– Homens! – diz Nitasha. Ela senta no degrau do *trailer*. – Você *quer* ser sucessor de Pancho Pirelli? – ela pergunta a Stan.

Stan encolhe os ombros. – Não sei. Na verdade, eu nunca quis *nada* muito.

– Parece muito *perigoso*.

– É verdade. Mas quando vi o senhor Pirelli nadando com as piranhas eu meio que soube que também era capaz.

– É mesmo?

– Sim. Fiquei com medo, mas eu meio que soube qual é a sensação de ser o senhor Pirelli. E meio que soube qual é a sensação de ser peixe.

– *O quê?* – exclama Nitasha.

– Eu sei, parece loucura. Mas é assim.

Nitasha dá risada. Ela vai até Stan, ergue a camisa dele e olha suas costas.

– O que você está fazendo? – Stan pergunta.

– Procurando suas nadadeiras – ela diz.

Stan ri. Ele abre e fecha a boca, como se soltasse bolhas: O O O O.

— De todo modo — ele diz —, você está enganada. Na verdade, eu não quero voltar para minha casa da alameda do Embarcadouro. Acho que eu bem que gostaria de conhecer o Amazonas e o Orinoco. Seria diferente. Mas antes tenho que acertar outras coisas.

— Sua tia e seu tio, por exemplo — diz Nitasha.

— Sim — afirma Stan.

Nitasha suspira. — Desculpe por eu ter sido tão horrível — ela diz.

— Está tudo bem.

— Não, não está. Sinto muito, mesmo. Você acha que eles vão procurá-lo?

— Como assim? — diz Stan.

— Acha que vão sentir saudade e procurar por você?

Stan encolhe os ombros. — Não sei — ele diz. Pensa em Ernie, em como o tio se tornou estranho. Talvez ele tenha se tornado mais estranho ainda.

— Eles gostavam de você? — Nitasha pergunta.

— Ah, sim — diz Stan.

— Então vão procurá-lo. E talvez o encontrem.

— Talvez. Mas, quando me encontrarem, vão dar com um Stan diferente daquele que acham que estão procurando.

Nitasha sorri, maliciosa. – Vão encontrar um Stan que mais parece um peixe.

– Sim – diz Stan, e por um momento ele pensa em Annie e Ernie, esperando que estejam com saudade dele e estejam procurando por ele.

Então ele olha de novo para Nitasha. Ela está tão diferente hoje! Também está mudando. – O que *você* quer ser? – ele pergunta.

Ela ri. – A Mulher Barbada Mais Feia e Mais Gorda que Você Já Viu! – ela diz.

– Você não está falando sério, Nitasha.

– Ontem eu estava.

– Mas não hoje.

– Não. Alguma coisa mudou.

– Talvez – diz Stan – todos nós possamos ser alguma coisa especial se nos empenharmos nisso.

– Talvez – diz Nitasha. – Mas, como você, tenho outras coisas para resolver antes disso. E o que eu quero mesmo é que minha mãe volte da Sibéria para casa.

– Talvez ela volte, mesmo.

– Talvez ela volte. Ah, veja! – Nitasha aponta para Dostoiévski e Pirelli, que estão vindo na direção do *trailer*, carregando uma mesa de café da manhã.

– Torrada, chocolate quente, geleia de laranja, manteiga e suco de laranja fresquinho.

Todos sentam para comer. O sol bate neles. A comida e as bebidas estão uma delícia. Depois de um tempo, Stan se volta para Dostoiévski.

– Senhor Dostoiévski – ele diz. – Não quero parar de trabalhar na barraca de pesca ao pato. Mas acho que eu gostaria de tentar nadar com piranhas.

– Você gostaria, garoto?

– Sim – diz Stan.

O senhor Dostoiévski olha dentro dos olhos de Stan e diz: – Talvez eu esteja errado em impedir o caminho do destino de um menino – e ele se volta para Pancho Pirelli. – O senhor vai treiná-lo direito?

– Claro – fala Pancho.

– Então tudo bem – diz Dostoiévski.

TRINTA E QUATRO

— Seu inimigo — diz Pirelli — não serão as piranhas. Seu inimigo será o medo. Entendeu?

— Acho que sim, senhor Pirelli — diz Stan.

É aquela mesma manhã, mais tarde. Pancho Pirelli e Stan deixaram Dostoiévski e Nitasha na barraca da pesca ao pato. Estão ao lado do tanque das piranhas. O treinamento de Stan está começando.

— Ótimo! — Pirelli continua. — Não precisa ter medo. Precisa ser corajoso e ousado. E precisa se tornar Stanley Potts.

— Mas eu *sou* Stanley Potts — diz Stan.

— Você precisa se tornar *o* Stanley Potts, Stan. Precisa se tornar o mito, o legendário Stanley Potts. Entendeu?

Stan não sabe ao certo se entendeu ou não. Olha dentro do tanque. As piranhas passam nadando sem olhar para ele. Ele vê os dentes delas, a maneira como os do maxilar superior se encaixam nos de baixo, e não consegue evitar um calafrio.

— Eu já fui menino — diz Pirelli. — Lembro a primeira

vez que vi as piranhas. Lembro a primeira vez que entrei na água.

— Onde foi isso, senhor Pirelli?

Pancho olha para Stan e seus olhos se perdem em sonhos. — Nas terras de minha infância, Stan. Nas distantes florestas tropicais da Venezuela e do Brasil. Quando menino, eu andava pelas margens do Amazonas e do Orinoco, onde há macacos, serpentes, pássaros brilhantes como o sol e sapos da cor do fogo. Fui treinado pelos misteriosos feiticeiros da floresta. Passei anos naquela região, meditando e treinando — ele olha de soslaio para Stan. — Você também precisa ter uma infância exótica, Stan

— Mas eu cresci na alameda do Embarcadouro — diz Stan —, com o tio Ernie e a tia Annie.

— Isso não quer dizer nada — explica Pirelli. — Você precisa *inventar* outra infância, Stan.

— Significa contar mentiras?

— Não. Você precisa... criar um mito. Venha comigo, tenho umas coisas para lhe mostrar. Elas vão ajudar.

Ele dá a volta no tanque, até um *trailer* azul, e faz Stan entrar. É um lugar limpo e bem arrumado. Nas paredes, há pinturas de animais exóticos em florestas exóticas, de peixes e pássaros deslumbrantes. Há fotografias de Pirelli em frente ao tanque de piranhas, ao lado de estrelas de cinema, princesas e políticos. Stan senta numa cadeira de madeira enquanto Pancho abre uma gaveta e tira duas fotografias. A primeira mostra um menino magrinho e de expressão triste, de *short*, jaqueta escolar cinza, camisa branca e boné listrado.

– Este sou eu como eu era – diz Pirelli.

Então ele mostra a outra foto a Stan. É um menino de peito nu, de sunga de banho, capa azul e óculos de mergulho, posando para a câmera com uma postura altiva.

– E aqui como me tornei.
– Na Venezuela? – Stan pergunta.
– Não – diz Pirelli. – Em Ashby de la Zouch.

— Ashby de la *Zouch*?
— Sim — diz Pirelli. — É bem perto de Birmingham.
— Mas e...
— O Orinoco? O Amazonas? Li sobre eles, é claro. Vi fotografias e filmes. Parece que é uma maravilha. E, sim, minha intenção é ir até lá algum dia... com você, Stan. Espero... mas não, nunca estive nem perto do Amazonas. Nem do Orinoco.
— Então a história da sua infância é...
— Sim, Stan. Uma história. Uma lenda.

Stan suspira. É um pouco demais para ele. Talvez seja *melhor* voltar para a alameda do Embarcadouro.

Pirelli o observa. — Só estou dizendo isso porque confio em você, Stan. Sei que não vai contar a ninguém. Sei que você é verdadeiro porque a primeira vez que o vi me reconheci.

Pirelli põe um frasco com um líquido escuro na mão de Stan. Stan o cheira. — Isto é soda preta! — ele diz.

— Isso mesmo. Beba tudo. Vai fortalecer você.

Stan beberica e, como da última vez, acha estranho e delicioso.

— Agora vou lhe contar a verdade verdadeira —

diz Pirelli. – Eu era um menino infeliz e solitário. Meus pais morreram quando eu era criancinha...

– Como os meus – diz Stan.

– Sim, Stan. Conforme eu suspeitava, como os seus. Fui adotado por uns parentes distantes, um casal infeliz e resmungão, o tio Harry e a tia Fred.

– Tia *Fred*?

– Abreviatura de Frudella – Pirelli explica. – Se bem que ela *poderia* ser um homem, pois era peluda, fumava cachimbo, cuspia longe e era capaz de bater com muita violência. De todo modo, me puseram numa escola que me enchia de ódio e medo. Chamava-se St. Blister. Vou resumir a história, Stan. Um circo chegou à cidade, e eu fugi com ele.

– Eles nunca o encontraram? – Stan pergunta.

Pirelli encolhe os ombros. Balança a cabeça. – Desconfio que nem me procuraram.

– Foi então que começou a nadar com as piranhas?

– Não. Eu tirava o cocô dos camelos e das lhamas. Eu escovava as zebras e lavava os elefantes. Eram encantadores. Então, uma primavera, Pedro Perdito chegou.

– Pedro Perdito?

– E suas piranhas. Mas ele *veio* mesmo do Brasil. Pelo menos disse que veio. Ele reparou em mim, assim como reparei em você. Disse que nosso encontro era coisa do destino. Ele me instruiu nas coisas de peixes e mitos. Ele me treinou e fez de mim o que sou hoje, o grande e extraordinário Pancho Pirelli. Este é ele, veja.

Outra fotografia. Parece antiga, como se suas cores tivessem sido pintadas. Mostra um homem de bigode, de pele e cabelo escuros, com uma capa azul-celeste. Atrás do homem há um tanque de piranhas, com os peixes de mandíbulas douradas nadando dentro dele e, na cortina que foi puxada para o lado, veem-se as letras dobradas de seu nome.

– Pedro Perdito! – diz Pancho. – Um homem mágico. Um homem de milagres. Pedro Perdito, meu mestre. Ele não é maravilhoso?

– Sim – concorda Stan.

– Ótimo. Agora beba sua soda preta e vista isto.

– Vestir o quê?

Pirelli dá uma risadinha. Remexe dentro da gaveta de novo. Tira uma sunga azul-celeste, uma capa azul-celeste e óculos de mergulho.

– Isto – ele diz. – A sunga, a capa e os óculos de mergulho que Pancho Pirelli usava quando menino. A sunga, a capa e os óculos de mergulho que estavam à espera do novo Pancho.

TRINTA E CINCO

Stan está esplêndido com seu novo *kit*. É magrinho, esquelético, e é claro que continua sendo nosso pequeno Stan, mas já se sente um Stan de *tipo* diferente. Está ao lado do tanque das piranhas, com Pancho, sob o sol da manhã. Os dois olham juntos para os peixes mortíferos.

— Não vou jogar você direto aí dentro, é claro — diz Pancho.

O quê? Me jogar aí dentro!, Stan pensa.

— Acho que devo treiná-lo, como Dostoiévski disse — Pancho continua. — É o jeito moderno, não é? Educação e treinamento, etc. etc.

— Creio que sim, senhor Pirelli.

— Então vamos começar. Primeiro, você precisa ser instruído. Primeira aula: conhecer as piranhas. Aqui estão alguns livros.

Pirelli procura no espaço debaixo do tanque. Tira dois livros já meio estragados: uma velha enciclopédia escolar e um velho atlas. O primeiro diz a Stan, em letras meio apagadas, que a piranha é um peixe carnívoro agressivo dos rios da América do Sul. Está escrito: *Não entre num rio em que desconfia que haja piranhas.* O segundo mostra o trajeto do Amazonas e do Orinoco através das matas da floresta tropical da América do Sul. Está escrito: *Grande parte dessa área imensa ainda é inexplorada.*

– Você já sabia de tudo isso, é claro – diz Pirelli. – Aliás, imagino que você saiba nadar.

Stan se lembra de quando ia à escola, as visitas da classe à piscina da alameda do Embarcadouro, fazendo algazarra na água com dezenas de outras crianças, enquanto a professora, de roupa, ficava na borda gritando para que se comportassem.

– Sim – ele diz –, pelo menos eu sabia e ganhei uma medalha de cinquenta metros.

– Ótimo – diz Pirelli. – Embora esse seja um *tipo* diferente de nado. É mais como um mergulho controlado, suponho. Vamos ter que trabalhar sua respiração. Prenda a respiração.

– Como assim? – pergunta Stan.

– Respire fundo e segure o máximo que puder.

Stan inspira profundamente e segura. Passam-se quinze segundos. Ele sente como se fosse estourar. Solta a respiração ruidosamente e inspira novamente.

– Temos que chegar a um minuto, mais ou menos, até o fim da semana. Você sabe dançar? – pergunta Pirelli.

Stan nunca pensou no assunto. – Não sei – ele admite.

– Eu também não sabia quando tinha a sua idade. Tio Harry e tia Fred não eram conhecidos por gostar de dançar. *Sua* tia e *seu* tio eram?

– Não – diz Stan.

– Eu imaginava que não. Mas suponho que você vá acabar achando, como eu, que é natural. Tente um pouquinho, por favor.

– Um pouquinho do quê?

– Tente dançar um pouquinho. Só se mexa como se estivesse dançando debaixo d'água ao som de uma música que não se ouve. Vamos. Não fique tímido.

Stan olha em volta. Uma pequena multidão está reunida. Pancho grita:

– Não vai haver espetáculo até o fim da tarde! Voltem depois, por favor.

Algumas pessoas vão embora, mas outras ficam. Uma delas é Pedro Cócegas. Stan acena. Pedro responde, sombrio.

– Este é Stanley Potts! – Pirelli grita. – Vai se tornar um dos grandes! – E acrescenta: – Mas sua primeira exibição ainda vai demorar um pouco. – Ele se volta para Stan. – Ignore-os, Stan. A hora deles vai chegar. Agora me mostre, dance um pouco.

Stan arrasta um pouco os pés. Balança os quadris. Baixa e levanta a cabeça.

– Vamos trabalhar isso – diz Pirelli. – Agora o teste de verdade. Está na hora de você enfrentar a piranha interna.

– A piranha interna? – diz Stan.

– Imagine que os peixes estão nadando a seu lado. Imagine-se nadando com eles. Olhe dentro dos olhos deles e mostre que você é ousado e corajoso. Consegue fazer isso, Stan?

Stan encolhe os ombros. Parece fácil.

– Feche os olhos e faça isso, Stan – diz Pancho. Stan fecha os olhos. – Veja as nadadeiras, as escamas e os dentes. Sinta as nadadeiras e as caudas roçando a sua pele. Consegue imaginar isso tudo, Stan?

Stan encolhe os ombros de novo. – Sim – ele diz.

– Excelente. Agora olhe dentro dos olhos deles, Stan. Fique calmo e confiante.

Stan é bom nisso. Ele vê os peixes. Sente a suavidade da água. Vê os dentes. Sente as caudas e as nadadeiras. É divertido, parece os sonhos que ele tinha de estar nadando com seus peixinhos-dourados.

— Já morderam você, Stan? — pergunta Pirelli.
— *O quê?* — diz Stan.
— Já *morderam* você? Tem sangue?
Stan suspira. Claro que os peixes não o morderam! — Não — ele diz.
— Excelente! Abra os olhos de novo.
Stan abre os olhos.
— Grande sucesso! — elogia Pancho.
— Mas foi *fácil* — diz Stan.
— Fácil para *você*, talvez. Mas você é Stanley Potts. Para a maioria das pessoas, a piranha interna é tão mortífera quanto a externa. A ideia de imaginar a piranha é quase tão aterradora quanto a ideia de entrar no tanque com ela. Vamos, tome um pouco mais de soda preta.

Stan toma um gole de refrigerante. Olha para o tanque. Meia dúzia de piranhas se amontoaram, perto da beira do tanque, e estão olhando para ele.

Oi, meus companheiros, ele murmura em seu íntimo. *Oi*, ele ouve, bem lá no fundo de si mesmo.

TRINTA E SEIS

— Senhor Pirelli – diz Stan.

— O que foi?

— O treinamento não parece muito... organizado.

— Tem razão, Stan. Não está. O caso é que nunca tive um aprendiz antes. E, sendo o Stanley Potts, não tem muito a ver com treino. Tem a ver com crença. Tem a ver com sonhos. Quando você estiver no seu *trailer*, hoje à noite, com o senhor Dostoiévski e Nitasha, quero que sonhe com piranhas. Quero que sonhe com sua infância no Orinoco. Pode fazer isso, Stan?

— Sim – responde Stan. – Foi assim que Pedro Perdito treinou o senhor, senhor Pirelli?

— Não foi bem assim – diz Pirelli.

— Como foi, então?

— Ele me jogou lá dentro.

— *Jogou lá dentro?* – Stan exclama.

— Sim, ele disse que tinha certeza de que era meu destino ser o próximo Pedro Perdito. Mas também disse que só havia um jeito de ter certeza. Então me pegou, me carregou escada acima e eu entrei.

— E o que aconteceu?

— Nada. Fiquei me agitando por alguns segundos. Pedro ficou vendo o que acontecia, os peixes começaram a nadar alegres à minha volta. Então Pedro me chamou de volta, disse que eu era a pessoa certa, me deu uma sunga e uma capa, e eu deslanchei.

Stan olha admirado. Morde os lábios só de pensar.

— Foi nos velhos tempos, Stan — diz Pirelli. — Era um mundo diferente. Fazíamos as coisas de outro jeito.

Stan fecha os olhos. Vê um menino como ele se agitando na água há tantos anos.

— Por que não devoraram o senhor, senhor Pirelli? — ele pergunta. — Por que não devoram o senhor agora?

Pirelli sorri. — Essa é a pergunta, não é? — ele diz. — É a única pergunta. Os peixes não me devoram porque sabem que não estou lá para ser devorado. Não me devoram porque sou Pancho Pirelli.

— E não vão me devorar porque sou Stanley Potts.

— Correto.

Stan olha para os peixes, nadando graciosos

pela água. Vira-se para trás. Pedro Cócegas olha tristonho para o tanque. O homem-javali está ali, mastigando uma costeleta. A mulher da casa assombrada mostra-lhe as presas. Mais ao longe, ele vê Nitasha e Dostoiévski caminhando na sua direção por entre as barracas.

– Também há outro segredo – acrescenta Pancho.

– Que segredo? – pergunta Stan.

– Um segredo que só pode ser divulgado para quem nada com as piranhas.

– Como eu?

– Sim.

– Qual é?

Pancho olha por cima dos dois ombros. – Você não vai contar a ninguém? – ele sussurra.

– A ninguém – Stan promete.

– Tudo bem. As histórias sobre as piranhas, de que elas devoram pessoas e as estraçalham até os ossos, bem, tudo isso são só histórias mesmo.

– Então elas não fazem isso? – Stan pergunta.

– Sim, fazem, mas não com muita frequência. Claro, nunca se pode ter certeza. Todas as vezes que eu mergulho no tanque, sempre vem aquela preocupaçãozinha: será hoje o dia fatal?

Stan fica pensativo. – Então toda essa história de

ser *o* Stanley Potts – ele diz – e de ser um mito, um menino legendário, na verdade não importa?

– É claro que importa! – exclama Pancho. – Você é um artista! Você vai necessariamente ser um herói e atrair multidões de admiradores. E os peixes vão corresponder. Eles podem não parecer muito inteligentes, mas reconhecem um verdadeiro artista quando ele aparece no tanque.

Os dois ficam olhando para os peixes. E os peixes ficam olhando para eles.

– Senhor Pirelli – começa Stan.

– Diga, Stan.

– Talvez o senhor deva me jogar lá dentro, como Pedro fez com o senhor.

– Veja os dentes, Stan – diz Pirelli.

– Estou vendo – fala Stan.

– Lembre-se da galinha, Stan. E do sanduíche. E da pergunta: será hoje o dia fatal?

– Estou me lembrando. E do sapato. Mas sinto que vou ficar bem. Talvez o único jeito de me treinar direito seja fazer como Pedro fez com o senhor – e Stan olha para a assistência. – Vai ser minha primeira apresentação. Vou fingir que estou apavorado.

Pancho Pirelli abre um sorriso feliz. – Você é

mesmo um artista de verdade, Stan. Você é um *showman*.

Stan abre um sorriso para Pancho. Para seu próprio espanto, ele tem de concordar que está se sentindo um artista de verdade. O que Annie e Ernie diriam de tudo isso?

— Esse é o último sinal de que eu precisava — diz Pancho.

— Último sinal? O que isso quer dizer?

— Mostra que você é de fato o próximo Pancho Pirelli. Não precisa ser *treinado*. É a confirmação de um verdadeiro nadador com piranhas: *Jogue-me lá dentro!* Está pronto, Stan?

Stan se empertiga. — Sim — ele diz.

— Eu não faria isso se não tivesse certeza absoluta de que você está em segurança, você sabe.

— Sei, sim, senhor Pirelli.

Pancho se volta para a assistência. — Meus amigos! — ele grita. — Este é um momento histórico! Este é o grande e maravilhoso Stanley Potts, o menino que tem encontro marcado com o destino! Aproximem-se. Ele vai entrar no tanque das piranhas. Vejam como ele vai encarar a morte sem medo! Vejam como ele vai dançar!

Os observadores chegam mais perto.

– Mas ele é só um garotinho! – alguém grita.

– Eu também já fui um garotinho! – responde Pancho. – Todos nós já fomos!

– Eu não fui! – berra a mulher das presas.

– E eu fui um javalizinho! – rosna o homem-javali.

Pancho os ignora. Pega Stan pelo braço e o leva até o tanque. – Tem certeza? – ele murmura.

Stan respira fundo. – Sim, senhor Pirelli – ele diz. – Sim.

Stan finge querer recuar.

– Isso é crueldade! – diz uma voz. – O garoto vai ser engolido!

A multidão se comprime e se aproxima mais.

– Mais depressa, Stan! – Pirelli sussurra. Ele joga Stan em seus ombros e começa a subir a escada.

– Alguém precisa detê-lo! – um homem berra.

– Não consigo nem olhar!

– Ele é louco!

– É um criminoso!

– É um assassino!

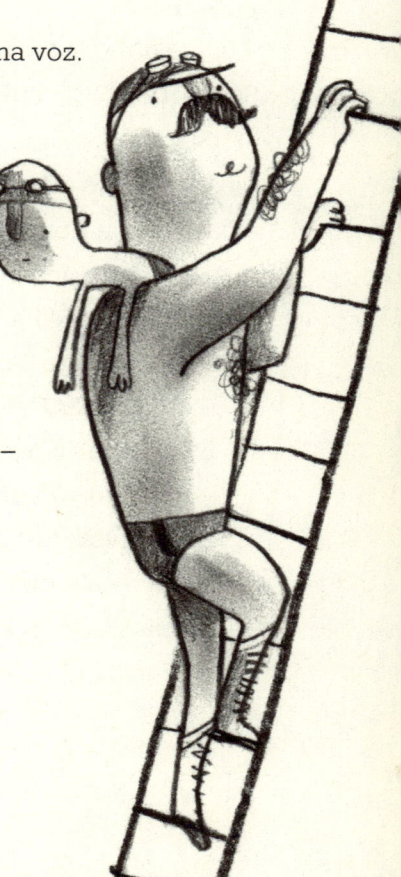

— PARE! – Stan grita. – ME PONHA NO CHÃO, SENHOR PIRELLI!

Pancho para, deixa Stan descer do ombro dele. Stan sobe o resto da escada sozinho. Para no alto, sozinho.

— Está tudo bem, amigos! – ele grita. – Não vou ser devorado! Sou Stanley Potts!

— NÃO! – berra Nitasha.

— Não seja bobo, garoto! – grita a mulher das presas.

— NÃO, STAN! – grita Dostoiévski. – HOJE ERA SÓ PARA VOCÊ TREINAR!!!

Stan ergue a mão para silenciar as vozes. Sente-se orgulhoso e forte. Baixa os óculos de mergulho e os ajeita na frente dos olhos.

— Não vou morrer! – ele grita. Olha para dentro do tanque. Vê as piranhas esperando, também olhando para ele. Será fome o que vê em seus olhos?

— **NÃÃÃÃÃO!** – berra Dostoiévski.

Stan respira fundo. Fica bem na beirada do tanque.

— Até logo, amigos! – ele exclama.

Dostoiévski dá um pulo e passa por Pirelli, sobe a escada e estende o braço para segurar Stan. Tarde demais. Quando Dostoiévski tenta segurá-lo, Stan sai de lado, avança e lá vai ele para dentro.

TRINTA E SETE

Neste ponto, poderíamos fazer outra viagem até outra parte da história. Poderíamos nos erguer sobre o parque de diversões e procurar pela estrada para ver o que está acontecendo com Annie e Ernie. Poderíamos olhar para baixo e espiar a perua do DECS, que vai chacoalhando com os quatro bobões dentro dela. Poderíamos até chegar mais longe, até a Sibéria, em busca de algum sinal da senhora Dostoiévski e suas bailarinas, para ver se há algum jeito de trazê-la de volta para a solitária Nitasha. Poderíamos até deixar esta história de lado e começar outra. Mas não. Provavelmente não é hora. Provavelmente é hora de continuarmos focados no nosso herói, em Stanley Potts, você não acha?

Tudo bem. Então ele entra na água mortífera, no tanque fatal, no...

Ele vai descendo para o fundo, a cabeça à frente. O tanque se torna um turbilhão de borbulhas e espirros, o menino patinhando e os peixes rodopiando. Stan toma impulso no fundo. Não parece um homem de espetáculo de verdade. Os peixes giram em torno dele, confusos. Ele volta à tona para aspirar um pouco de ar. É então que Dostoiévski o agarra e o suspende.

— STAN! — ele berra. — VOCÊ DEVIA ESTAR SÓ PRATICANDO!

— É ISSO QUE ESTOU FAZENDO! — Stan responde, berrando. — ME JOGUE DE VOLTA LÁ DENTRO!

Dostoiévski não consegue fazer isso, é claro. Ele joga Stan no ombro e o leva para o chão. Pancho Pirelli vem para o lado deles.

— Por que está sorrindo, Pirelli? — diz Dostoiévski. — O garoto podia ter morrido lá dentro.

— Estou sorrindo porque o senhor o tirou num *timing* perfeito, senhor Dostoiévski. Podia até fazer parte da apresentação. Não quer participar conosco?

— *Com vocês?* — Dostoiévski berra. — Que loucura, Pirelli! O menino mal ouviu falar em piranhas antes e agora você o enfiou ali para nadar com elas?

— Pois é — Pancho sorri. — Não é um menino maravilhoso? Ele cresceu às margens do Orinoco, sabe.

— Nada disso! Ele cresceu na alameda do Embarcadouro.

— Pss! — diz Pancho. Ele levanta a voz para que os assistentes consigam ouvir. — Ele cresceu às margens do Orinoco. Foi criado pelos feiticeiros da floresta tropical da América do Sul.

– Não foi, *não* – corrige Nitasha, agora também junto deles.

Então Stan dá risada. – Fui, sim, Nitasha – ele dá uma piscadela para a menina. – *Fui*. Faz parte da minha lenda. E eu *sei* nadar com as piranhas.

– Mas você precisa praticar mais, garoto – diz Dostoiévski. – Há pouquíssimo tempo você estava lavando patos de plástico, e agora já está nadando às margens da morte!

– Tudo bem – diz Pancho. – Vamos praticar um pouco mais. Depois vai haver uma apresentação que vai ficar na história. Que tal hoje à noite, Stan?

– *Hoje à noite?* – diz Dostoiévski.

– Sim – confirma Stan. – Hoje à noite – ele abraça Dostoiévski e Nitasha. – Vou estar preparado. Vai dar tudo certo.

– Ele é um tipo de garoto especial – fala Pancho. – O senhor mesmo disse isso.

– É, eu disse – Dostoiévski concorda e engole em seco.

– Por favor, diga que sim – Stan implora.

– Tudo bem – sussurra Dostoiévski. – Hoje à noite. Mas, antes, muito treino.

Pancho dá um sorriso largo, depois se volta para os observadores preocupados.

– Isto foi apenas um ensaio, senhoras e senhores – ele anuncia. – Agora espalhem por aí. Digam a seus amigos. Hoje à noite será a primeira apresentação pública de Stanley Potts. Hoje à noite um astro vai nascer! – ele arregala os olhos. – Ou isso, ou um astro vai ser devorado!

TRINTA E OITO

Tudo bem. Agora é uma boa oportunidade para verificarmos o que está acontecendo na estrada que sai da alameda do Embarcadouro. Vamos sair um pouco do parque de diversões. Vamos levantar voo e olhar para baixo. Ah, caramba! Lá está a perua do DECS já entrando na cidade com a mensagem do DECS escrita do lado e Clarêncio D., Delos, Elos Calu e Salu entrouxados lá dentro. Estão se aproximando do semáforo. E, veja, lá está aquele mesmo policial esperando no cruzamento. O farol fica vermelho, o policial avança para a estrada e olha para dentro, pela janela.

— Comportem-se, rapazes! — adverte Clarêncio D. Repente. É um ocifial da lei.

O policial lê o que está escrito na lateral da perua. Aproxima-se da porta do motorista. Clarêncio baixa a janela.

— Boa-tarde, ocifial! — ele diz. — É bom saber que o senhor tá combatendo a ruindade nesta cidade.

— Qual é seu nome? — pergunta o policial. — E qual a finalidade da sua visita?

— Meu nome – diz Clarêncio D. – é Clarêncio D. Repente. E meu porpósito é buscar e destruir decsaramentos.

— É mesmo?

— É, ocifial – diz Clarêncio D. – Porque eu, senhor, sou um envestigador DECS.

— É mesmo?

— É, ocifial. Um envestigador de sete estrelas, dois pontos e um certificado assinado pelo póprio Alto Chefe Envestigador. Eu envestigo coisas estranhas, coisas esquesitas, coisas que nem deviam ser coisas. E eu acabo com elas completa e abissolutamente!

— É mesmo?

— É, senhor. E esses são meus garotos. Delos, Elos, Calu e Salu.

— Oi, ocifial – rosnam os rapazes.

— Oi, rapazes – diz o policial.

— Posso ter a ousadia de perguntar – diz Clarêncio D. – se tem alguma coisa suspeixa ou esquesita que precisa ser envestigada aqui na cidade?

O policial se apoia na janela. – Vivemos num mundo de maldades, não é, senhor Repente?

— Vivemos mesmo – concorda Clarêncio D.

— Então sempre há coisas suspeitas – diz o policial. – Sempre há descaramentos. Sempre há acontecimentos esquisitos. Sempre há vagabundos, gente fora da lei, desencaminhados e malvados que nos deixam sem saber o que fazer. Vou lhe contar uma coisa: agora, a menos de dois quilômetros daqui, estamos com um terreno cheio de...

Então toca uma buzina. O policial se desencosta da perua e olha para o trânsito atrás deles.

– Ah, desculpe, oficial! – alguém diz, timidamente.

O policial rabisca alguma coisa num caderno e volta à perua.

– Vocês istão com um terreno cheio de o quê?

– De coisas suspeitas, senhor Repente. Um terreno cheio de trapaceiros e acontecimentos esquisitos.

– Que disgraça – diz Delos.

– Repulsivo – diz Elos.

– Assustador – diz Calu.

– Falou bem, Calu – diz Salu.

Uma buzina toca de novo. O policial se desencosta de novo da perua e lança os olhos para a tarde que vai escurecendo.

– Quer que meus rapazes vão dar uma olhada em quem está bozinando essa bozina e façam ele parar? – diz Clarêncio D.

– Claro – responde o policial. Ele sai de lado

quando os rapazes saem da perua e caminham rumo aos carros que estão atrás. Ele sorri. – O senhor é um homem que age conforme meu coração, senhor Repente.

– Nós, enimigos de coisas suspeixas, pricisamos nos unir, ocifial – declara Clarêncio D.

– Claro que precisamos – concorda o policial. Ele aponta para o terreno baldio onde fica o parque de diversões. – Então, se o senhor dirigir sua perua do DECS até aquele campo, vai encontrar mais coisas suspeitas do que jamais imaginou.

Os rapazes voltam depressa. Entram na perua, orgulhosos.

– Achamos o bozinador, ocifial – diz Elos.

– E a bozinação do bozinador acabou – diz Delos.

– Obrigado, rapazes – agradece o policial. – Podem ir, e vejam a que outros descaramentos vocês podem pôr fim.

Ele dá um passo atrás e

bate continência. Clarêncio D. Repente arranca e ruma para o parque de diversões.

— *Eis* um homem que istá combatendo o combate certo – diz Clarêncio D. – Agora, rapazes, de olho nos decsaramentos.

TRINTA E NOVE

O que você acha? Stan ficou maluco? Será que ele foi longe demais? Será que ele deveria largar tudo, o tanque de piranhas, a capa e a sunga, o décimo terceiro peixe, a pesca ao pato? Será que deveria voltar a ter uma vida comum? Mas o que é uma vida comum para Stanley Potts? E o que *você* faria se alguém caísse do céu e lhe dissesse que você era alguém *especial*? Que você tinha um talento especial, uma habilidade muito especial e que, se tivesse a coragem de usá-la, poderia ficar famoso, poderia ser grandioso, poderia deixar de ser *você* para se tornar um tipo muito especial de *você*?

Essa é a questão, não é? Como seria se algo como o tanque de piranhas aparecesse na sua vida? Como seria se alguém como Pancho Pirelli o convidasse a mergulhar de cabeça?

Você teria coragem e ousadia?

Enfrentaria seus medos?

Mergulharia no tanque?

Não dá para responder, não é? Não mesmo. Só dá para saber o que você faria no momento em que estivesse na beira do tanque de piranhas e as piranhas estivessem olhando para você e mostrando os dentes.

Mas é bom imaginar, não é?

Então Stan treina toda a tarde com Pancho. Ele faz treinamento de prender a respiração, faz treinamento de dança. Encara seu tempo interno de piranha, sempre de novo. Imagina sua infância exótica às margens do Amazonas e do Orinoco. Imagina o calor, a chuva, o sol escaldante, as árvores imensas como catedrais e os pássaros brilhantes como o sol. Imagina as instruções sussurradas pelos feiticeiros da floresta tropical.

Também passa um tempinho com Dostoiévski e Nitasha. Eles lhe dizem que é o maior dia de sua vida. Estarão lá para vê-lo, aplaudi-lo e rezar por ele.

– Estou apavorado – admite Dostoiévski –, mas estou morrendo de orgulho de você. Naquela manhã em que você apareceu na barraca de pesca ao pato, quem poderia dizer que tudo isso aconteceria?

Nitasha sorri. – Você me faz pensar que tudo é possível, Stan – ela diz, tímida, e levanta os olhos para a lua brilhante. Stan sabe que ela está pensando numa mulher esbelta, na longínqua Sibéria.

Stan mergulha a mão no bujão dos peixes. Sente

as nadadeiras e as caudas do décimo terceiro peixe, o peixe que de algum modo lhe mostrou os talentos especiais que ele trazia dentro de si. Então, mais uma vez ele caminha pelo parque que está escurecendo, ao encontro de Pirelli e do tanque das piranhas. Quando ele passa, as pessoas sussurram e murmuram. – Aquele é Stanley Potts. Sim! *O* Stanley Potts.

Stan acena para quem grita seu nome. Enrubesce diante dos elogios. Sorri diante do incentivo. Ele caminha e sua capa esvoaça às suas costas.

Ele não vê os cinco homens que espreitam da Casa do Javali Assado.

– Aha! – diz Clarêncio D. – Aha-ha-ha-ha-ha!

É ele, claro. Ele e seus quatro rapazes. A esta altura, Clarêncio D. Repente e os rapazes viram coisas suspeitas para mantê-los ocupados por cem anos. Coisas suspeitas espantosas. Eles sabem que certamente chegaram à terra da devastação e ruína.

– Aha-ha-ha-ha-ha-ha-ha! – murmura Clarêncio D.

– O que foi, chefe? – diz Delos.

– Eu divia imaginar! – fala Clarêncio D. – Eu divia ter pensado nisso!

– Pensado em quê?

– Pensado no que divia istar por trás de tudo

isso! Pensado no que divia istar bem no centro de tudo isso!

– O que *istá* no centro de tudo isso?

– Aquilo! – ele responde. – Agora ajam naturalmente. E olhem dipressa para onde eu istou olhando e istou vendo a cara da maldade.

Os rapazes se viram e olham para Stan, com a capa azul esvoaçando em torno dele.

– Vocês viram essa cara antes, rapazes – diz Clarêncio D. – Podem até ter isquecido. Mas Clarêncio D. Repente não. Clarêncio D. se lembra de tudo, sempre, em todo logar. Ninguém ingana Clarêncio D. nem faz ele de bobo. Estão lembrados da alameda do Embarcadouro, rapazes?

– Sim, chefe – murmuram os rapazes, só que Calu e Salu olham um para o outro e coçam a cabeça.

– Lá tinha um garoto... istou dizendo um garoto, mas divia dizer um monstro... que iscapou um pouco antes do despejo. E, quando olhamos para ele, vimos a cara do diabo.

– Eu lembro, chefe – diz Salu. – Era horrível, chefe. Paricia um pesadelo, chefe.

– Falou bem, Salu – diz Calu.

– E agora o pesadelo voltou – diz Clarêncio D. – Desta vez ele istá de capa azul-celeste.

– Aaarrrgggh! – diz Elos.

– Posso ismagar a cara dele *agora*, chefe? – Delos pergunta.

– Não, Delos – diz Clarêncio D. – Não istá vendo como gostam dele neste logar? Istá ouvindo como esse pessoal suspeixo acha que ele é o suprassuco?

– Sim, chefe – responde Delos.

– Então precisamos mascar o tempo. Vamos isperar nossa hora. Mas na hora de pegar ele vamos pegar de verdade. Vamos arrancar o miolo dos suspeixos deste lugar e acabar com tudo... para sempre.

Stan chega ao tanque das piranhas.

– Esta noite – diz Clarêncio D. –, todas as suspeixas vão chegar ao fim completo e total.

QUARENTA

Eles veem Stan sumir para dentro do reboque de Pancho Pirelli.

– Vocês querem comer? – ruge o homem-javali do balcão da Casa do Javali Assado.

– Comer o quê? – diz Clarêncio D.

– Costeletas! – ruge o homem-javali. – Ou uma linguiça ou três. Ou talvez um hambúrguer.

– Do que são feitas essas cumidas? – pergunta Clarêncio D.

– Do melhor javali, é claro – ruge o homem-javali. Ele se inclina para eles. – Vocês parecem uma turma de gente correta. Acho que gostariam de mascar um javali.

– Decerto a gente é de qualedade deferente de outros que vimos neste lugar – concorda Clarêncio D.

– Então venham comer. Tem para todos vocês.

Clarêncio D. e os rapazes se aproximam do balcão da Casa do Javali Assado e mastigam ruidosamente a carne deliciosa.

– Está bom? – pergunta o homem-javali.

– Dilicioso – resmunga Elos.

— Está deixando vocês peludos?
— Piludos? — diz Delos.
— É! Peludos como um javali. Como na história!
— Em que história? — pergunta Calu.
— Na história do homem que comeu o javali. Querem que eu conte?
— Não, senhor! — diz Clarêncio D. — Nós não istamos enteressados em histórias idiotas. Istamos enteressados em verdades e fatos.
— Então posso contar a *verdade* sobre o homem que comeu o javali?
— Não.
— Ele se transformou em javali — ruge o homem-javali.
— Isso parece mintira — diz Clarêncio D.
— Pode ser que seja. Pode ser que a verdade e a mentira sobre o homem e o javali sejam uma coisa só. Pode ser que a verdade e a mentira sobre tudo sejam tudo uma coisa só.
— Quer que a gente acabe com ele, chefe? — perguntam Calu e Salu.
— É! — rosna o homem-javali, abrindo a mandíbula e mostrando os dentes. — É! Acabem já! Mas, antes disso, já ouviram a história do homem que não tinha história?

– Não, sinhor!
– Uma história chegou e engoliu ele!

E o homem-javali pula em cima do balcão, abre a mandíbula e ruge.

QUARENTA E UM

Vamos voltar ao semáforo no fim da estrada, na entrada da cidade. O farol está vermelho. O trânsito está parado. O policial está ali, é claro, em busca de maldades e coisas suspeitas.

Surge um trator puxando uma carreta cheia de feno. O motorista gira no assento e grita para trás: – Ei, vocês dois, é o fim da estrada!

O policial ouve e fica de olho.

Duas pessoas descem da carreta com dificuldade. São figuras cambaleantes, esquálidas, parecem espantalhos.

– Obrigado, senhor – eles gritam para o motorista do trator. – O senhor foi muito gentil!

– Não seja por isso. Foi um prazer ajudá-los – responde o motorista.

O farol fica verde, o trânsito avança.

O policial sorri com malícia. O que temos aqui?, ele pensa, caminhando com as mãos nas costas ao encontro do casal espantalho. O escárnio de seu sorriso se transforma em aparente ternura.

– Boa-noite – ele diz, muito educado.

– Boa-noite, senhor – dizem Annie e Ernie, pois são eles, é claro.

– Bem-vindos à nossa modesta cidade – saúda o policial. – O que procuram neste lugar?

– Ah, senhor – diz Ernie –, estamos procurando por um menino perdido.

– Um pobre menininho perdido? – replica o policial.

– Sim, senhor – diz Annie. – É um bom menino, senhor. É deste tamanho, tem o rosto bonito e seus olhos irradiam bondade. Acho que o senhor não...?

– *Bondade?* – pergunta o policial. – Vejo muitos meninos no meu trabalho, mas não são muitos os que irradiam *bondade.*

– Então o senhor o reconheceria facilmente – diz Ernie.

O policial reflete. Afaga o queixo, coça a cabeça. – Não – ele murmura. – Eu me lembro de muita maldade, mas... Se me permitem, como foi que o *perderam*?

Ernie olha para o chão. – Ah, senhor – ele diz –, a culpa foi toda minha. Não o tratei bem. Ele fugiu.

– *Fugiu?* E mesmo assim vocês me dizem que ele é um bom menino? Por acaso um fugitivo pode ser um *bom* menino?

– Pode sim, senhor! – exclama Annie.

– E, mais do que isso, quem não trata bem os filhos pode ser bom?

– Não, senhor – sussurra Ernie. – Mas enxerguei meus erros e mudei.

– *Tarde* demais! – lança o policial. – Sua maldade já se difundiu pelo mundo! Temos um fugitivo pernicioso entre nós. Agora vocês estão atrás dele e acham que o mundo vai ser bonzinho com vocês. NÃO VAI, NÃO! Eu deveria levá-los agora mesmo e trancá-los na minha cela mais escura!

– Ah não, senhor, por favor! – Annie suplica.

– O que vocês esperavam? – pergunta o policial. – Imaginavam que eu fosse conduzi-los ao hotel cinco estrelas mais próximo? Que lhes fossem oferecidos banhos de *jacuzzi*, chocolates artesanais e camas de dossel?

– Ah não, senhor – diz Annie. – Não queremos luxos.

– *Luxos!* Vou lhes dar *luxos!* – o policial aponta para a vereda estreita, do outro lado da estrada. – Saiam da minha vista – ele rosna – antes que eu sente a mão em vocês! Sigam aquele caminho. Lá vocês estarão em casa, junto com aquele restolho de gente. Vão achar um monte de buracos para se esconder e valas para dormir. Se andarem um pouco mais, vão até encontrar um rio para se jogarem nele – seus olhos cintilam à luz do crepúsculo. – Não quero nem sequer *vislumbrar* vocês de novo...

Annie e Ernie atravessam a estrada a passos rápidos. Eles se esquivam do tráfego e entram na trilha esburacada. O policial ri com escárnio enquanto os vê se afastarem. Ah, como ele gosta do seu trabalho!

– Homem maldoso – diz Ernie.

– Talvez ele só tenha tido um dia difícil – fala Annie.

Ela segura no braço de Ernie e os dois descem juntos pela trilha, tropeçando na escuridão.

– Tem razão, querida – diz Ernie. – Talvez ele tenha tido um dia muito difícil.

QUARENTA E Dois

Uma a uma e milhão a milhão as estrelas começam a brilhar. A lua pálida se torna brilhante. Por todo o parque de diversões as luzes começam a cintilar, lampejar e reluzir. Exclamações e risadas erguem-se no ar que vai refrescando, ouve-se música, ecoam sirenes e gritos. Muitos caminham velozes e alvoroçados para um lugar que parece mais quieto do que os outros, um lugar em que está estacionado um reboque simples, com uma lona estendida na frente, com as palavras:

¡STANLEY POTTS!

Um refletor ilumina a cena. E um holofote forma um círculo de luz debaixo da lona azul, um círculo que espera pelo artista. A multidão se aglomera e cresce. As pessoas comem pipoca, salgadinhos e algodão-doce. Comem pedras de açúcar em forma de bengalinhas. Mastigam costeletas e hambúrgueres de javali. Tomam cerveja, limonada e soda preta.

– Onde está ele? – sussurram. – Onde está Stanley Potts? *Você* já o viu?

Ninguém viu, pois Stan está no *trailer* de Pancho Pirelli. Está vendo as fotos de Pancho quando menino; está vendo as grandes mudanças por que o menino passou até se tornar o homem que Pancho é hoje. Está recuando mais no tempo, até Pedro Perdito. Esse é seu ancestral. É a linha da história que leva até ele, Stanley Potts. E Stanley se abala um pouco e treme.

– Nervoso, Stan? – pergunta Pancho.

– Sim – admite o menino.

– Está com medo de ser devorado? Está com medo de que seja o dia fatal?

Stan pensa um pouco e balança a cabeça. – Não – ele diz. De repente, treme de novo. – Estou com medo de alguma coisa, mas não sei o que é – então ele entende. – Estou com medo de me apresentar na frente de toda essa gente, senhor Pirelli – e ele entende um pouco mais. – E estou com medo de mudar. Estou com medo de me transformar num Stanley Potts diferente.

Pancho sorri. – Conheço esse sentimento. Quanto a se apresentar na frente de toda essa gente, é natural ficar nervoso, e um pouco de nervosismo vai até ajudar. Quanto a mudar... O que acontece é que você não vai se transformar num Stanley Potts *completamente* diferente. Você vai ser o velho e o novo Stanley ao mesmo tempo. Vai ser o Stan da pesca ao pato, o Stan do tempo da alameda do Embarcadouro e vai ser o Stan novinho em folha que nada com as piranhas. Seja tudo isso junto, ao mesmo tempo, e é aí que vai estar sua verdadeira grandiosidade.

Stan ouve o grande Pancho Pirelli. Deixa que suas lembranças se juntem na sua memória. Tem visões vagas do seu tempo de criança pequena, com a mãe e o pai. Vê-se andando de mãos dadas com o tio Ernie e a tia Annie perto do estaleiro e do rio cintilante. Lembra-se da fábrica de enlatar peixe e de todos os seus tormentos. Lembra-se dos peixinhos-dourados, do terno décimo terceiro peixe, de Dostoiévski, de Nitasha e da pesca ao pato. Traz todas essas lembranças à sua cabeça, onde elas ficam flutuando. E traz à cabeça o tanque das piranhas, os peixes, seus dentes e sua dança graciosa. E se dá conta de que suas memórias e sua cabeça são coisas espantosas.

Stan olha para Pancho Pirelli e diz, calmamente:
— Estou pronto, senhor Pirelli. Vamos para o tanque.

QUARENTA E TRÊS

De repente, lá está Stan, entrando na luz do holofote sob seu nome. Está de capa, sunga e óculos de mergulho. Seu rosto tem uma expressão de calma determinação. Há manifestações de entusiasmo e prazer. Crianças gritam.

– É ele! – o sussurro se espalha. – É Stanley Potts!
– *Ele?* – dizem alguns. – Aquele sujeitinho esquelético?
– *Não pode* ser ele!
– Mas é.
– É muito *baixinho*.
– Mas é ele.
– É muito *magricela*.
– Mas é ele!
– É muito *novo*.
– *Não pode* ser o Stanley Potts.

Pancho Pirelli entra na luz do holofote, ao lado de Stanley. As vozes se calam.

– Este – diz Pancho – é Stanley Potts.
– Então é mesmo – dizem.
– Eu falei – dizem.

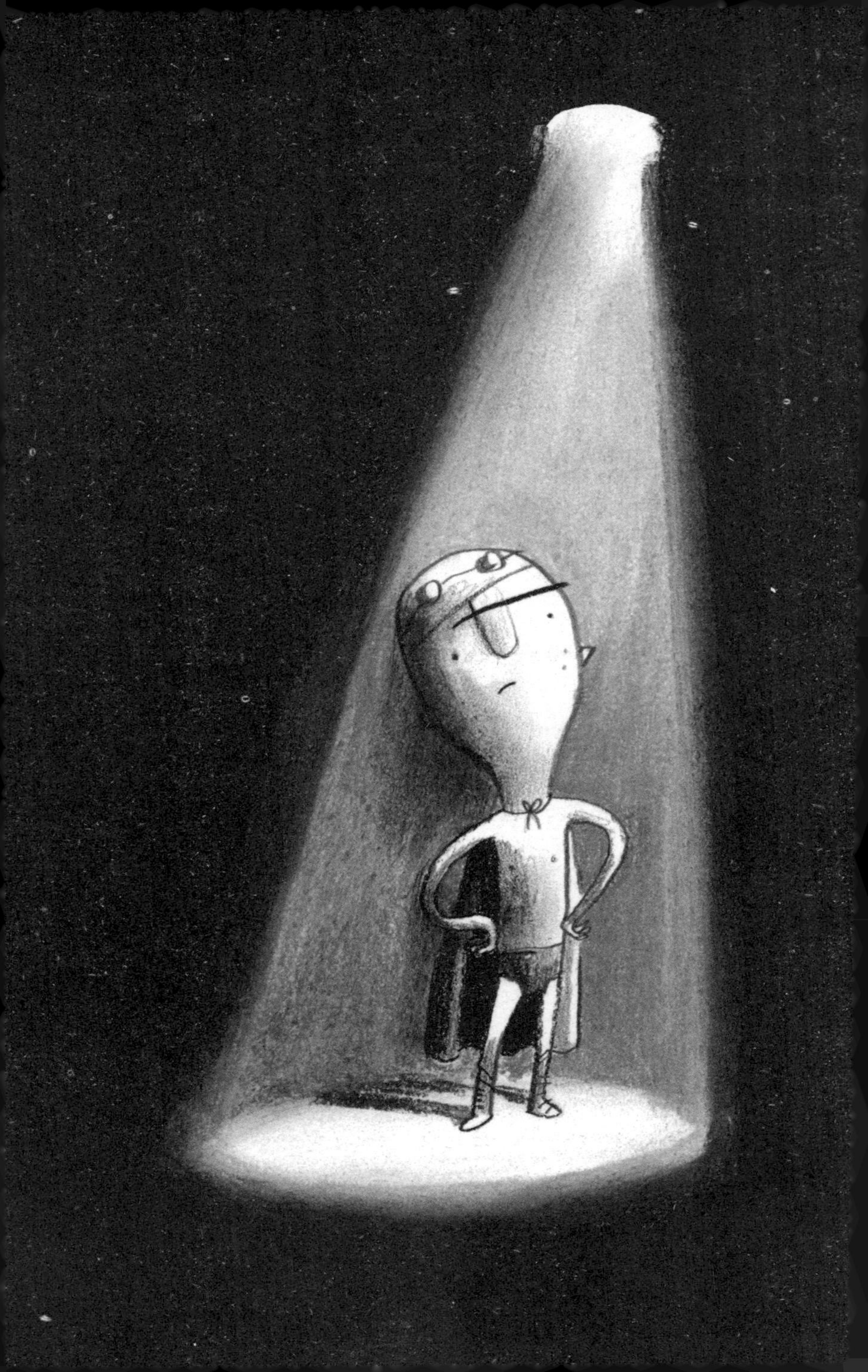

Pancho ergue a mão e todos ficam em silêncio. Ele puxa a lona para o lado e lá estão eles, nadando na água lindamente iluminada, os terríveis peixes malignos, os demônios pavorosos, com dentes que parecem lâminas e mandíbulas que parecem armadilhas.

– E estas – diz Pancho – são minhas piranhas!

Ouvem-se berros, guinchos, suspiros e grunhidos.

Pancho ergue a mão de novo. – Senhoras e senhores – ele sussurra –, vocês estão prestes a ver uma coisa maravilhosa. Estão prestes a ver algo que viverá para sempre em seus sonhos.

Mais berros, guinchos, suspiros e grunhidos.

Mas, antes de tudo – diz Pancho –, precisam pegar seu dinheiro e pagar.

Stan continua de pé sob a luz do holofote, e Pancho vai ao encontro da multidão com sua sacola de veludo. Pancho murmura seus agradecimentos, enquanto as moedas vão caindo na sacola. Ele incentiva: – Procure mais no fundo, cavalheiro. Quem sabe um pouquinho mais, minha senhora? Melhor, muito melhor. Ah, obrigado, o senhor é muito gentil –. Ele manifesta sua decepção: – O senhor vai dar só isso *mesmo*? Espera tanto em troca dessa ninharia? –. Ele busca os relutantes: – Estou *vendo* a senhora.

Ninguém escapa dos olhos de Pancho Pirelli. Precisamos de dinheiro. Por favor, não deixem de dar.

Uma ou duas vezes ele levanta a voz, como se estivesse zangado: – *O senhor se dá conta de que um menino está prestes a arriscar a vida para diverti-lo?*

E o tempo todo crescem os murmúrios de ansiedade.

Atrás da multidão, nas sombras entre dois *trailers*, cinco pares de olhos observam. Cinco pares de olhos que pertencem a cinco sujeitos troncudos vestidos de preto.

– O que vai acontecer, chefe? – pergunta um deles.

– Uma coisa profunda e obscuramente suspeixa – diz Clarêncio D. Ele aponta para Stan. – Eu quiria só saber o que aquele monstro no hulofote vai aprontar. Divíamos ter parado ele quando voltamos para a alameda do Embarcadouro.

– Estou *vendo* vocês – diz Pancho Pirelli, abrindo caminho em meio à multidão para chegar até eles. – Não adianta se esconderem no escuro. Não precisam ficar envergonhados, cavalheiros.

– Nós não istamos invergonhados! – diz Clarêncio D. – Istamos olhando com nossos olhos ispertos! Somos envestigadores de todas as coisas suspeixas. E aqui tem alguma coisa suspeixa.

— Tem mesmo — Pancho concorda. — Aqui tem alguma coisa muito, *muito* suspeita.

— Eu sabia! — grita Clarêncio D. — É uma desgraça maluca! Istamos aqui pra acabar com isso.

— Acabar com o quê? — diz Pancho.

— Com o que vai acontecer! — diz Clarêncio D.

— E o que vai acontecer? — pergunta Pancho.

Clarêncio aperta os olhos. — Não tente inrolar Clarêncio D. Repente, senhor Sacola di Dinheiro. Conheço suas trapaças e elas não vão foncionar comigo!

Pancho sorri. Caminha até as sombras, aproximando-se de Clarêncio D. Põe o braço no ombro dele. — Não tenha medo, senhor Repente — ele diz. — Ou posso chamá-lo de Clarêncio?

— Não pode, não! — diz Clarêncio D. — Não põe a mão em mim, senhor Sacola di Dinheiro!

— Clarêncio D. Repente nunca tem medo! — diz Calu.

— Não? — diz Pancho. — Então talvez *ele* queira entrar no tanque.

Os rapazes olham para Clarêncio D. Seus olhos reluzem ao luar.

— Não põe a mão em mim, eu disse! — ele grita. — Isso é tudo um monte de mintiras, decsaramentos e inrolações.

223

– É. Aquele minino é um dimônio, e o senhor é um peixe iscorregadio, se é que isso ixiste.

Pancho dá risada.

– E aquelis peixes ali... – diz Clarêncio, apontando para o tanque.

– Aquelis peixes ali? – pergunta Pancho.

– ... não são o que você diz que são – termina Clarêncio D.

– Não são piranhas?

– Não.

– Quero deixar bem claro, senhor Clarêncio – Pancho aponta para Stan e para o tanque dos peixes. – Aquele menino é um dos garotos mais valentes que o senhor vai encontrar na vida. E aqueles peixes são dos mais ferozes que o senhor vai encontrar na vida. E aquele menino valente está prestes a nadar com aqueles peixes ferozes.

Calu bufa. – Aquele atrividinho? – ele diz. – E aqueles peixinhos?

– Sim – diz Pancho.

– Pois eu podia comer aquele atrivido no jantar e aqueles peixinhos de subrimesa! – zomba Salu.

– E tomar essa água como sopa! – acrescenta Delos.

– Talvez fosse bom vocês *experimentarem*.

Venham comigo até o tanque. Enfiem um dedo nele.

– Aha – diz Clarêncio D. – Não deem ouvidos, rapazes. O senhor Sacola di Dinheiro tá tentando atrair vocês e fazer vocês se infiarem em águas suspeixas. É tudo mintira e falsidade. Não tem razão pra isso e não queremos participar desse ispetáculo, senhor. Tire a mão de mim e vá imbora. Vamos ficar olhando. A qualquer sinal suspeixo vamos dispencar em cima de vocês como uma tonelada de tijolos.

Os rapazes riem e começam a se juntar em torno de Pancho. – Peixinhos piquenos! – eles grunhem. Estão prestes a agarrá-lo, mas ele se vai, mais uma vez abrindo caminho através da multidão.

– Sejam fortes, rapazes – diz Clarêncio D. – Istamos num lugar muito iscuro do mundo. Istamos no meio da terra de Distruição e Ruína. Vejam e iscutem, e aprendam.

Os rapazes olham para Pancho, para Stan, para a multidão, para os peixes que nadam suavemente no tanque iluminado.

– Um dia, rapaziada – declara Clarêncio D. –, todo o decsaramento vai ser ixpulso do mundo. Não vai mais haver lugares como este, não vai mais ter gente decsarada em volta de nós, não vai haver tanques suspeixos nem acontecimentos disgraçados.

– Vai ser bom, chefe – diz Elos.

– Vai – concorda Clarêncio.

– Então só vai ter gente como nós? – diz Delos.

– Isso aí – afirma Calu. – Gente que sabe o que é o quê.

– Certo – diz Salu. – Gente indecsarada que sabe o que é o quê num mundo sem decsaramento.

– Falou bem, Salu – diz Clarêncio D. – Eu mesmo não consiguiria dizer melhor.

QUARENTA E QUATRO

Para um garoto que começou quase sem família e sem nenhum amigo, nosso Stan está agindo muito bem enquanto fica esperando para entrar no tanque. Lá está Pancho, é claro, avançando e recuando com a pesada sacola de veludo na mão. Lá estão Dostoiévski e Nitasha observando nervosos e orgulhosos, à frente da multidão. Lá estão o homem-javali, a mulher das presas, o Pedro Cócegas, o senhor Smith e Riodomar. Lá está o pessoal que estava sentado com Stan em volta da fogueira enquanto ele comia sua batata, lá estão todas as crianças que ele encontrou, todas as pessoas que acenaram e sorriram para ele e chamaram seu nome. E lá está toda uma plateia de outras pessoas olhando para ele e desejando que se saia bem.

Enquanto isso, vamos olhar para trás, através das sombras, e ver o que está acontecendo no caminho esburacado. Lá vêm eles, aos tropeções, de mãos dadas, aqueles que o amavam desde o início, aqueles que precisam chegar em tempo para vê-lo se apresentar: Annie e Ernie. Estão caminhando na direção das luzes, da música e dos gritos e risadas que ecoam no ar.

– É um parque de diversões, Ernie! – diz Annie.

– É mesmo – afirma Ernie.

– Adoro parques de diversões – diz Annie. – E houve um tempo em que você também gostava. Lembra?

– Lembro – responde Ernie, com tristeza, pensando no parque de diversões que partiu no dia em que Stan foi embora.

Annie aperta a mão dele com mais força. – Era lindo, não era? – ela diz. – Quando éramos jovens. Girando no *waltzer*, brincando de pesca ao pato e ganhando prêmios, a cigana lendo a nossa sorte.

– Você vai encontrar uma moça jovem e adorável! – a cigana me disse. – E eu encontrei! Você!

– E ela me disse que eu ia encontrar um homem alto e bonito. E eu encontrei! Você!

Ernie sorri e, depois, suspira. – E veja o que eu arranjei para você, minha pobre querida!

– Não se preocupe. Vai dar tudo certo – diz Annie.

– Vai? – pergunta Ernie.

– Sim, vai – diz uma voz atrás deles. – Enquanto seus corações continuarem bons e verdadeiros.

Eles se viram e lá está a Cigana Rosa, sob o luar

brilhante e com as luzes do parque de diversões lampejando por trás dela. – Não se preocupem – ela diz, com voz macia. – Não trago perigo para vocês.

Annie se aproxima dela.

– Meu nome é Cigana Rosa – ela diz.

– Você é ela! – Annie exclama. – A Cigana Rosa que encontrei no parque de diversões quando menina. Mas você não pode ser!

A Cigana Rosa sorri. – Não, não posso – ela murmura. – Posso? Deve ser uma brincadeira da lua. Vocês têm prata para untar minha mão?

– Só temos cobre – diz Ernie.

Ele também a observa com atenção: seu rosto, seu corpo, suas roupas; ouve sua voz atentamente. – É você – ele sussurra. – Mas *não pode* ser você.

A Cigana Rosa sorri de novo. – Vamos dizer que o luar é sua prata – ela abre a mão e a luz da lua bate em sua palma. – Obrigada – ela diz. – Agora abram as mãos e deixem-me vê-las.

Ela estende suas mãos e toma as deles. Diz a Annie e Ernie que o luar é a luz mais pura e mais verdadeira. Eles baixam os olhos e veem juntos as linhas, fendas e sulcos intrincados.

– Ah, vocês passaram por tempos difíceis – diz a Cigana Rosa. – Tempos de problemas, perdas e sofrimentos – sua expressão se fecha e ela resmunga decepcionada. Volta os olhos para o rosto de Ernie. – Oh, Ernest! – ela suspira.

– Eu? – diz Ernie.

– Você nem sempre foi o homem que deveria ter sido.

– Mas ele é um *bom* homem – diz Annie.

– É mesmo? Como ele pode ser um bom homem se fez o que fez?

– Pode, sim! – replica Annie. – E ele enxergou os erros que cometeu!

— Ah, é?
— Sim. Ele só ficou meio... louco por um tempo. Não foi, Ernie?

A Cigana Rosa o observa. — E então? — ela diz.

— É verdade — ele diz. — Eu me desencaminhei. Eu me desviei em busca de fama e fortuna.

— Há loucura e loucura — explica a Cigana Rosa. — Há loucura que prejudica, mas também há loucura que vem para o bem — e ela volta a olhar para as mãos abertas. — Vocês estão procurando alguma coisa. Ou alguém. Estou certa?

— Tínhamos um menino — diz Annie. — Um menino de olhos claros como água e coração brilhante como a lua. Será que vamos encontrá-lo, Cigana Rosa?

— Lembrem-se dele e olhem para a lua — diz a Cigana Rosa. — A lua se inflama com seu maior brilho quando o desejo das pessoas entra nela. Olhem bem para a lua e, com o coração, chamem por seu menino perdido.

Annie e Ernie levantam os olhos, olham, chamam e veem a lua brilhar mais forte. E, a apenas alguns metros dali, seu menino, Stan, sai do foco do holofote por um momento. Também olha para a lua e chama por sua família perdida, e a lua brilha mais forte ainda. E, por um segundo fugaz, todos se veem ali, dentro do disco brilhante da lua, e chamam pelos nomes uns dos outros.

— Venham me buscar! — Stan sussurra. — Por favor, venham me buscar!

Annie e Ernie perguntam à Cigana Rosa: — Onde podemos encontrá-lo?

Mas a Cigana Rosa se foi, desapareceu nas sombras e na escuridão para além da luz. Então eles se dão as mãos e continuam caminhando aos tropeções, avançando na direção do parque. Passam entre os *trailers* que o limitam, passam pelos estrados de apresentações, pela tenda que parece o mundo, pela barraca de luta livre, pela Casa do Javali Assado e são levados ao encontro da densa multidão que se aglomera no centro do parque, dos gritos espantados, das risadas e dos murmúrios alvoroçados. Chegam à beira da multidão, tentam enxergar, ficam na ponta dos pés.

— O que está acontecendo? — pergunta Annie.

— Não sei — diz Ernie. — Não consigo ver, querida.

Então os dois veem. Veem um menino de capa, em pé diante de um grande tanque de peixes iluminado.

— É um menino — diz Annie.

– Não pode ser – diz Ernie, ofegante.
– Não!
– *É!*
– *É!*
– Stan! – eles chamam. – STAN!

Mas suas vozes se perdem em meio ao clamor de outras vozes que ecoam pelo ar.

– *Stan! Stan! Stan! Stan!*
– O que ele vai *fazer?* – Ernie grita.

O casal tenta se insinuar entre as pessoas que estão na sua frente. – É nosso menino – os dois vão dizendo. – Por favor, deixem-nos chegar ao nosso menino.

Mas seu avanço é lento. A multidão se comprime.

– *STAN! O que você vai fazer?*

QUARENTA E CINCO

– Chegou a hora da verdade! – anuncia Pancho Pirelli.

A multidão silencia.

– Estão vendo diante de vocês – diz Pancho – um menino que cresceu às margens do Orinoco.

– Vamos ver o quê? – pergunta Ernie.

– Do *Orinoco*? – diz Annie.

– Será que este menino extraordinário vai dançar com as piranhas? – diz Pancho.

– Vai o quê? – diz Ernie.

– Ou vai ser devorado diante de nossos olhos?

– *O QUÊ?* – berra Annie.

– *O QUÊ?* – berra Ernie.

– *STAN!* – eles berram juntos. – *STAN! SOMOS NÓS!*

Mas a multidão volta a se agitar. Todos falam e gritam. Empurram-se para mais perto do tanque. Annie e Ernie não conseguem passar.

– É nosso menino! – eles choram. – Deixem-nos ir até nosso menino!

E outros à volta deles dizem: – Ele é só um garoto!

É só um garotinho esquelético e magricela! Como pode fazer uma coisa dessas?

– Ele *não pode*! – dizem Annie e Ernie. – Ele é só um garotinho comum e adorável!

Por dentro, Stan já não é esquelético nem magricela. É valente, forte e equilibrado, à beira de uma coisa maravilhosa. Ele tira a capa. Começa a subir a escada. Os peixes nadam para a superfície. Stan faz uma parada no alto. Baixa os óculos de mergulho. Levanta a mão para acenar, e a multidão se cala, com exceção de um par de vozes horrorizadas.

– STAN! STAN! O QUE VOCÊ ESTÁ FAZENDO?

Stan fica imóvel e ouve. Levanta os óculos e perscruta a multidão. E ele os vê, acenando desesperadamente, tentando abrir caminho para chegar até ele. Chamam seu nome de novo, e mais uma vez. O coração do menino se enche de alegria.

– Tia Annie! – ele grita. – Tio Ernie!

– *NÃO FAÇA* ISSO, FILHO! – berra Annie.

– DESÇA DAÍ, STAN! – berra Ernie.

Stan dá risada. Volta a baixar os óculos de mergulho. – Não se preocupem! – ele grita. – Estou fazendo isso por vocês!

– Não *queremos* que faça isso por nós! – berra Ernie.

Stan dá
risada de
novo. – Vejam!
– ele grita.

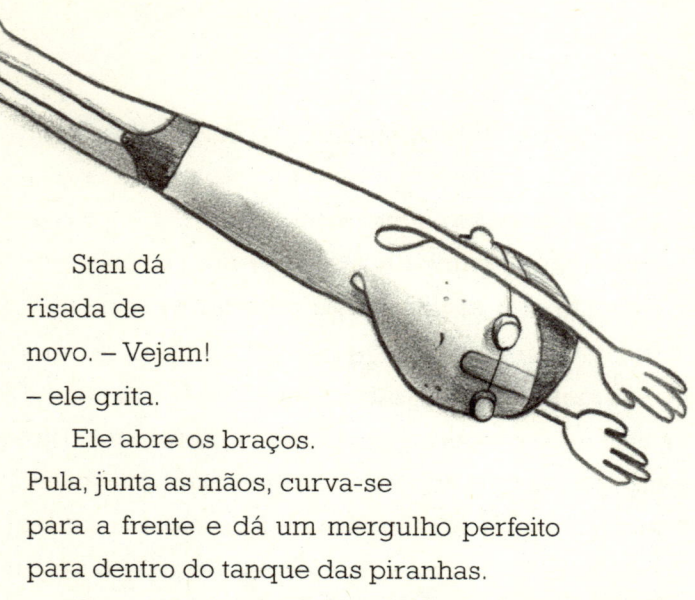

Ele abre os braços.
Pula, junta as mãos, curva-se
para a frente e dá um mergulho perfeito
para dentro do tanque das piranhas.

Os peixes se afastam, como se estivessem dando as boas-vindas do cardume a um dos seus. Eles nadam para o fundo, junto com Stan, quando o menino completa seu mergulho. Nadam para cima quando ele toma impulso no fundo do tanque para subir. Os peixes se comportam exatamente como se Pancho Pirelli ou Pedro Perdito estivessem na água com eles. Stan rodopia, e eles giram em perfeita ordem em torno dele. Ele fica parado no meio do tanque, os peixes se dividem em dois grupos perfeitos, um de cada lado dele. Ele oscila e eles oscilam. Ele dança e eles dançam. Ele nada até a superfície, toma ar e volta a nadar para o fundo. Stan olha para os peixes através dos óculos de mergulho, os peixes olham para ele.

Ó meus companheiros, ele sussurra dentro de si mesmo.

Ó nosso companheiro, ele ouve.

Ele rola, dá cambalhotas, rodopia e se sente em casa junto com as piranhas mortíferas na água iluminada pelos holofotes.

As pessoas observam maravilhadas. Vão chegando cada vez mais perto. Aquilo fará parte de seus sonhos para sempre. Ernie e Annie estão fascinados, seu medo transformou-se em entusiasmo e alegria.

– Veja o que ele sabe *fazer*! – dizem um ao outro.
– Aquele é Stan – eles dizem às pessoas que estão à sua volta. – É nosso menino precioso!

– Ah, como o pai e a mãe dele ficariam orgulhosos! – suspira Annie.

Stan sobe de novo para tomar fôlego. Mais uma vez nada para o fundo. Pensa no décimo terceiro peixe e nos companheiros do décimo terceiro peixe. Tem uma visão de uma lata com as letras **Maravilhosos e Cintilantes Peixes-Dourados Potts**. Vê a lata se abrindo, a tampa se levantando e uma dúzia de peixes--dourados saindo dela, num lampejo de ouro reluzente e cintilante, para nadar com ele e com as piranhas. E todos nadando em perfeita harmonia, as piranhas selvagens, os tímidos peixes-dourados e o menino magricela. Stan olha para fora do tanque e vê seus amigos e sua família, todos juntos: Dostoiévski e Nitasha, Pancho Pirelli, tia Annie e tio Ernie.

Por um momento fugaz ele vê, mais próximos do tanque do que todos os outros, sua mãe e seu pai. Eles sorriem, acenam, e seus lábios se movem: *Estamos muito orgulhosos de você, Stan, nosso amor.*

E eles se vão.

Stan nada para a superfície. Segura na escada. Sai do tanque. Em pé lá no alto, ele se inclina. A multidão aplaude e grita. Então Stan desce e corre para os braços de Annie e Ernie Potts.

QUARENTA E SEIS

Então vamos dar vivas a Stanley Potts. É um menino que se tornou um tipo de menino diferente. É o menino magricela que cresceu com todos os tipos de problemas, percalços e descaramentos, mas tem coragem e valentia suficientes para se tornar o herói desta história. Sua vida se abriu diante dele. Vai nadar com as piranhas noite após noite. Não vai ser devorado. As piranhas, afinal, não são tão perigosas, pelo menos se acreditarmos no que diz Pancho Pirelli. Talvez logo mais Stan deixe as piranhas para trás e enfrente outros desafios. Talvez ele vá ao Amazonas e ao Orinoco. Talvez vá à Sibéria e Ashby de la Zouch. Certamente vai continuar encontrando outros meios de crescer e se tornar um Stanley Potts diferente.

E sua família, que se tornou um tipo tão diferente de família, vai crescer e se transformar junto com ele. Lá estão todos eles, comemorando juntos, alegres, com a multidão entusiasmada à sua volta. Pancho volta a estender a lona no tanque. Agora vão todos para a pesca ao pato, acender uma fogueira, petiscar batatas assadas e tomar soda preta. Vamos deixá-los sossegados. Vamos deixá-los com suas comemorações, suas lembranças e seus planos de esplêndidos futuros.

A multidão se dispersa. As luzes vão se enfraquecendo. A lua vai caindo rumo ao horizonte e as estrelas infinitas na escuridão infinita reluzem e cintilam. Todos os corações batem mais depressa. Todos os olhos brilham. Todas as mentes carregam as sementes de sonhos misteriosos e maravilhosos. Até Pedro Cócegas, depois de tantos anos de melancolia, sorri.

Ah, e lá vêm eles, saindo das sombras, caminhando nos espaços abandonados pela multidão alegre: Clarêncio D. Repente e seus rapazes do DECS, Delos, Elos, Calu e Salu. Vejam, estão se insinuando rumo ao tanque dos peixes. Será que Clarêncio D. está querendo provar que os peixes não são piranhas coisa nenhuma? Eles estão se aproximando. Estão erguendo a lona. Estão rindo dos peixinhos. Estão zombando e caçoando, como fazem rapazes descarados. Ah, vejam, Clarêncio D. já está na escada. Ele está subindo. Certamente não vai pular no...

O que *você* acha que deveria acontecer? Clarêncio D. deveria pular? Talvez não tenha importância se ele pular. Talvez as piranhas mostrem ser apenas peixinhos minúsculos inofensivos. Mas talvez Clarêncio D. *devesse* ser devorado. Afinal, Clarêncio D., Delos, Elos, Calu e Salu não são propriamente anjos, não é? Eles fizeram muita coisa ruim nesta história. Veja o que fizeram com Annie e Ernie. Imagine o que fizeram com aquele pobre motorista e quanto aborrecimento vão causar no futuro. E Clarêncio D., que agora está quase no topo da escada, é o chefe. Muitos diriam, é claro, que sujeitos como Clarêncio D. e os rapazes do DESC são apenas desencaminhados. Talvez tenham tido infâncias conturbadas. Talvez no seu cérebro faltem algumas células importantes. Talvez precisem de conselhos, ou de ouvir música, ou de alguém que lhes dê carinho. Não sei dizer.

Seja como for, Clarêncio D. olha para as piranhas. Olha para os rapazes.

– Pule, chefe – diz Delos.

– São apenas peixinhos – diz Elos.

– Pule – diz Calu.

– Falou bem, Calu – diz Salu.

Clarêncio D. está na beirada.

Depende de você. Se estivesse escrevendo esta história, o que *você* faria acontecer? Ele pula? E, se ele pular, o que vai acontecer depois? Talvez ajude pensar como Stanley Potts, herói da nossa história, faria Clarêncio D. agir. Ou talvez isso não importe mesmo. Seja qual for a sua decisão, isto é só uma história. Clarêncio D. Repente existe apenas nas páginas deste livro e nesse lugar misterioso, sua imaginação.

Seja como for, decida agora se quiser. Em seguida, só há mais um pequeno capítulo para chegarmos ao fim.

QUARENTA E SETE

Claro que nunca há um fim de verdade. As pessoas que viveram esta história viverão muitas outras. Mas em algum lugar vamos ter que parar, e vai ser aqui. Vamos subir e voar. Vamos deixar para trás o terreno do parque de diversões e todas as pessoas que estão nele. Vamos subir mais, mais para o alto. O terreno, com suas luzes e barulhos, diminui. Vemos a cidade que se estende para além dele, e as linhas de luz ligando-a a outras cidades pequenas e grandes. Vemos a escuridão do campo, os traçados brilhantes de rios sinuosos. Vemos o mar azul-escuro. Subimos mais e vemos as galáxias de cidades espalhadas pelo mundo. Vemos as grandes extensões despovoadas. Vemos os oceanos e os picos nevados das montanhas.

Ah, e subimos tanto que vemos o mundo todo. Observe aquela esfera grande a maravilhosa de luz e escuridão. Veja como ela gira, como o dia dá lugar à noite e a noite ao dia. Veja o brilho azul dos mares sob o sol e seu reflexo escuro sob a lua. Imagine as pessoas e as histórias que podemos encontrar nessa esfera. Imagine as vidas, as mortes, os amores, os sonhos, os problemas, os heróis e os vilões que existem ali. Imagine as histórias e mais histórias que podem ser descobertas e contadas. Vamos subir ainda mais, de modo que até nosso grande mundo diminua e se torne apenas um mundo entre muitos, muitos outros, girando na escuridão infinita. Quantas histórias, agora, em toda essa infinitude!

Mas vamos voltar para dar uma última olhada. A Terra e sua geografia ficam mais visíveis novamente. Aonde vamos? Veja. Na Sibéria é de manhã. O sol se reflete na neve. Há gelo nos rios e sai fumaça pelas chaminés das casas e aldeias dispersas pela estepe. Ali há uma cidade grande às margens de um rio, a cidade de Novosibirsk. Aproxime-se. O ar está claro e brilhante, e faz um frio de rachar.

Lá está o largo rio Ob. Veja os arranha-céus. E a enorme estação ferroviária pintada de verde-claro. A entrada é um arco imenso.

Vamos entrar. Quanta agitação! Pessoas andando de um lado para outro. Trens esperando nas plataformas. Há um grupo de mulheres esguias dirigindo-se para um deles. Elas vestem casacos grossos e chapéus de pele. Sua respiração se condensa no ar gelado. Estão rindo. Está vendo aquele rosto, aquela silhueta? Parece conhecida. Acho que a vimos numa fotografia. Sim, ela é linda mesmo. Será a mãe de Nitasha? Será a senhora Dostoiévski? Ela está rindo, conversando. Está falando em lar, em voltar para casa. Ela salta para dentro do trem e as outras a seguem, e logo o trem sai da estação.

Talvez ela esteja indo para casa. Talvez haja um

pouco mais de alegria no caminho de Stanley Potts e seus companheiros em seu distante parque de diversões. Afinal, os corações dessas pessoas, apesar de todos os seus problemas e de todos os seus erros e falhas, são bons e verdadeiros.

FIM